KB086023

별을 사랑하는 마음으로

도서출판 아시아에서는 《바이링궐 에디션 한국 현대 소설》을 기획하여 한국의 우수한 문학을 주제별로 엄선해 국내외 독자들에게 소개합니다. 이 기획은 국내외 우수한 번역가들이 참여하여 원작의 품격을 최대한 살렸습니다. 문학을 통해 아시아의 정체성과 가치를 살피는 데 주력해 온 도서출판 아시아는 한국인의 삶을 넓고 깊게 이해하는 데 이 기획이 기여하기를 기대합니다.

Asia Publishers present some of the very best modern Korean literature to readers worldwide through its new Korean literature series 〈Bi-lingual Edition Modern Korean Literature〉. We are proud and happy to offer it in the most authoritative translation by renowned translators of Korean literature. We hope that this series helps to build solid bridges between citizens of the world and Koreans through rich in-depth understanding of Korea.

바이링궐 에디션 한국 현대 소설 021

Bi-lingual Edition Modern Korean Literature 021

With the Love for the Stars

윤후명
별을 사랑하는 마음으로

Yun Hu-myong

ASIA
PUBLISHERS

Contents

별을 사랑하는 마음으로

With the Love for the Stars

그날 오후에 나는 자작나무에 관한 시를 읽고 있었다.
오후라고는 해도 아직은 일렀다. 해가 기울자면 아직 이
르다는 것보다 약속 시간까지는 시간이 얼마 더 남아 있
었다는 뜻이다. 사실 나는 망설이고 있었다. 전시회 초청
장을 받은 며칠 전부터 망설임은 시작되었었다. 약속 시
간이라는 것 자체가, 아니 시간은 그만두고 약속이라는
것 자체가 근거를 의심할 만했다. 약속이란 서로가 합의
해야만 성립하는 것이다. 그러나 이 경우 그녀의 말에 나
는 희미하게 웃었을 뿐이었다. 아마 고개를 약간 끄덕거
리기야 했겠지만 그것도 희미했으리라.

그런 나에게 맞받아 그녀도 희미한 웃음을 띠었다고 받

That afternoon, I was reading a poem about birch trees. It was still too early, not for the sunset, but for my appointment. I was still debating going, which had started when I had received the invitation to the exhibition a few days ago. The time of the appointment, as a matter of fact, the appointment itself was on questionable ground. An appointment is only valid, after all, when the involved parties come to some sort of agreement prior to meeting. In this case, however, I'd just smiled vaguely at her. I'd probably also nodded at her once or twice, but these were noncommittal nods at best.

At the time, I thought I saw her smile back, just

아들여졌다. 일찍이, 20대에, 이른바 〈고졸한 웃음〉이라는 것에 대하여 들은 바 있었다. 그녀의 웃음이 거기에 해당된다고 나는 해석하려고 했던 기억이 난다. 그 희미한 웃음 속에서 그녀가 그림을 그리고 있는 모습이 떠오른다. 그러니까 이 경우 그녀의 웃음이 주위의 풍경처럼 떠오르고 그녀의 모습이 그 안에 놓여져 있는, 동일한 대상이 겹쳐 있는 형국이 될 것이다. 이것부터가 하나의 그림이려만 이 그림 속의 그녀가 또 그림을 그리고 있다. 자세히 보면 그녀가 그리고 있는 그림 속에 다시 또 그녀가 그림을 그리고 있는 모습이 보이는 것 같기도 하다. 그리고 또 그 그림 속에…… 마치 거울들을 서로 맞보이도록 놓아두어서 무수히 겹쳐 보이게 되는 것과 같다.

그러나 내가 그녀를 생각하며 떠올리고 있는 이 모습은 실은 환영(幻影)이다. 따라서 그녀와 연관되어 있는 모든 기억이 환영일지 모른다고, 나는 퍼뜩 놀란다. 하지만 모든 기억이 환영일 수는 없다. 그녀는 몇 개월 전 그곳에서 분명히 그림 그리기에 열중하곤 했었다. 크레파스로 그려서 내게 준 내 초상화는 이럭저럭 버리지를 못해서 아직도 건넌방에 둘둘 말아 보관하고 있는데, 푸른 줄이 쳐진 환자복을 입고 서 있는 내 머리 위에는 〈행복한 모습〉이라

the shadow of a smile. Once in my early twenties, I'd heard of what was called the "artless smile." I remember interpreting her smile as an artless smile. The memory of her faint smile overlaps with the memory of her painting. To be more precise, on the canvas of my mind, she is painting against the background of her own faintly smiling face. If I look closely enough at the picture she is painting, I may be able to see her painting a picture of herself painting a picture of herself painting, and so on and so on, as when two parallel mirrors infinitely reflect each other.

However, her image in my mind is, in fact, an illusion. I startle myself thinking that all of my memories of her may well be illusions. However, it's not likely that all of them are mere illusions. She was there, for certain, several months ago, absorbed in painting. She even drew my portrait in crayon and gave it to me. For some reason or other, I haven't been able to get rid of the portrait; it is still stored, rolled up, in a small room of my house. It is a picture of me standing in blue-striped patient robes; and there's a caption "Looking Happy" above my head. It's hard for me to judge whether or not I looked happy at that time; and yet, she wrote that

고 씌어져 있다. 그 무렵 내가 과연 행복한 모습을 하고 있었는지 어땠는지 그것은 좀 가늠하기 어렵다. 그럼에도 불구하고 그녀는 그렇게 써놓았었다. 하기야 나는 불행한 모습이었다고는 할 수 없다. 환자복을 입고 있다고 해서 사람이 다 불행한 것은 아닐 것이다. 어렸을 적 언젠가는 하얀 벽의 병실에서 환자복을 입고 파리한 얼굴로 삶에 대하여 무슨 사념엔가 잠겨 있는 사람에 대해 동경을 품었던 일도 있었다. 그럴 때면 나는 어김없이 〈아아.〉 하고 내 처지를 한탄하곤 했던 것이다. 〈아아, 사는 거란……〉

사는 게 어쨌다는 건지 지금의 나로서는 당시의 그 감정을 알 수 없어서 다소 안달조차 느낀다. 그런데도 나는 〈아아.〉 하던 그 순간들이 감미로웠다고 기억한다. 그것이 오후의 망설임의 시간 속에서 되살아나서 나는 망연할 수밖에 없었다. 그러고 보면 당시 〈아아.〉 했던 것도 어떤 망설임의 일종이었던 것처럼 여겨진다. 그렇다면 여지껏의 내 생애 중에 도대체 망설임 때문에 애꿎게 허비한 시간은 그 얼마나 많았던가. 이렇게 더듬으며 나는 드디어 그녀의 초대에 응하리라는 결단을 내렸던 것이다. 그러면서 엉뚱하게도, 한국에도 자작나무는 잘 자라니까, 하고 나는 중얼거렸다. 책상 위에 여전히 자작나무에 관한 시

caption. I can't say that I looked miserable then, either. Not everyone wearing patient robes is unhappy. There was a time in my childhood when I admired the pale-faced people deep in thought about things of their live, wearing their patient robes, surrounded by the white walls of the hospital rooms. I would let out a sigh of lamentation, "Ah! Life!"

I don't remember exactly how I felt then as a child, which makes me anxious at times. Yet, I wonder if the lamentation wasn't a kind of hesitation. If so, how much time of my life have I wasted hesitating? This question was what led me to the decision to accept her invitation in the end. Right after making my decision, I found myself muttering, "Birches do well in Korea, too," out of the blue. Perhaps, it was because of the poem on the open page of the book on my desk.

The country house is made of birch, cross-beam, pillars, door frames, and all.
The mountain where foxes cry nightly is of birch.
The wood burning under the boiling pot of buckwheat noodles is of birch.
The gourd-spring of sweet water is born of birch.

가 펼쳐져 있어서였을 것이다.

산골집은 대들보도 기둥도 문살도 자작나무다.
밤이면 캥캥 여우가 우는 산도 자작나무다.
그 맛있는 모밀국수를 삶는 장작도 자작나무다.
그리고 감로(甘露) 같이 단샘이 솟는 박우물도 자작나무다.
산 너머는 평안도 땅도 뵌다는 이 산골은 온통 자작나무다.

시인 백석(白石)의 시 〈백화(白樺)〉였다. 프랑스로 가본 적이 없으면서 몽파르나스풍의 차림으로 서울 종로 거리를 걷던 이 시인이 이처럼 지극히 토속적인 시를 써서 사람들은 놀랐었다고, 해설에 쓰여 있었다. 몽파르나스풍이란 게 도대체 무슨 풍인지, 웃음이 나오는 대목이기는 했다. 며칠 전에 프랑스의 미테랑 대통령이 프랑스 대통령으로서는 우리나라에 처음 왔고 예전 조선 시대에 그들의 제독 한 사람이 함대를 이끌고 강화도에 와서 훔쳐간 궁중 문서 가운데 책 한 권을 갖다준 일이 어제오늘 화제가 되고 있는 참이었다. 나는 프랑스 대통령의 방한과 함

The mountain crest, they say, overlooks the land
of Pyeongan Province;

This lone mountain place is of nothing but birch.

It's one of Baek Seok's poems, entitled "White
Birch." According to the commentary, the poet had
never been to France, yet used to walk along the
street of Jongno, Seoul, dressed in the style of the
Parisians in Montparnasse; so, when he published
poems like "White Birch," readers were greatly sur-
prised at its native theme. "What on earth is the
style of Montparnasse?" I found the commentary
rather ludicrous.

"A few days earlier, President François Mitterrand
came to Seoul as the first president of France to visit
Korea. Upon his arrival, he returned one of the
court document volumes that a French admiral had
stolen when he led his fleet against Ganghwa Island
during the Yi Dynasty. The return of the document
became *the* talk of the town. Since the president's
visit reminded me of the streets of Paris, it was
serendipitous that I happened to read Baek Seok's
poem and remember Montparnasse at that very
moment. Unconsciously, I began to ask myself
questions: "When did I go to Paris? What was the

께 파리의 거리들을 떠올리고 있었으므로 백석을 읽으면
서 다시 몽파르나스가 떠오른 것은 이를테면 곁불을 쬐는
셈이었다. 그리고, 파리에 갔던 것이 언제였던가, 그것이
내 삶에 무엇이었던가, 나는 은연중에 묻고 있었을 뿐이
었다. 우리나라의 토속적인 시인을 읽으면서 파리의 거리
를 생각한다는 것은 특이한 경험이기는 했다. 그러나 이
런 것들은 내가 그녀의 초대에 응해서 만나기로 한 사실
이 들러리 일들에 지나지 않다. 왜냐하면 나는 이제부터
내가 왜 그렇게 망설였는지에 대해서부터 말할 것이기 때
문이다.

　병원에 들어가서도 며칠 동안 나는 그녀가 같은 병동에
있는 사실을 몰랐었다. 이 말에는 상당히 자세한 설명이
필요하겠는데, 확실히 말하거니와 그것이 병실이 아니라
병동이라는 점이다. 병실이라면야 여러 명이 있다 하더라
도 며칠이라는 기간 동안 누가 누구라는 걸 모를 리는 없
다. 그런데 병동이라면 좀 달라진다. 커다란 병원 건물을
통째 병동이라 할 때, 거기 들어 있는 환자를 다 안다는
것은 여간해서는 어려운 일이다. 그렇다면 나는 왜 그녀
가 같은 병동에 있는데도 며칠 동안 몰랐었다고 했단 말
인가. 그것은 그 병동이 커다란 건물 안에 따로 독립되어

meaning of the trip to me, to my life?"

It was an extraordinary experience to think of the streets of Paris while reading a poem deeply rooted in native Korean sensibilities. Be that as it may, its significance pales in comparison with my making the decision to accept her invitation. Now, it's time for me to explain why I hesitated so much before coming to my decision.

It was only several days into my hospitalization that I noticed her presence in the same ward. I probably need to explain this in much more detail. I want to emphasize that it was not a room, but a ward. In an average hospital room, it's impossible for the inmates not to know one another, no matter how many there might be. However, a ward is a different story. When the entirety of a big hospital building makes up a ward, it is no easy matter to know all the patients.

Why, then, have I just said that I didn't notice her even thought we were in the same ward for several days? It's because the ward, in this case, was only a few rooms separated from the rest of a large hospital building for one particular purpose. This cluster of rooms was the so-called "Closed Ward." The rooms occupied only one section of a floor.

있는 특수한 목적의 병실들 몇 개만을 일컫고 있었기 때문이다. 이들 몇 개의 병실들로 이루어진 그곳이 이른바 폐쇄 병동이라고 하는 곳이었다. 그러니까 건물의 한 층을 전부 차지하고 있는 것도 아니지만, 엄연히 독립되어 하나의 병동으로 불리는 곳이었다.

누구나 폐쇄 병동이라는 말만 들어도 음침한 느낌이 절로 들게 마련이다. 하지만 실제로 이 병동에 대해 알고 있는 사람은 그리 많지 않을 것이다. 그러므로 그곳이 어떤 곳인지를 설명하자면 우선 병동 구조부터 약도를 그려 보이지 않으면 안 되겠다. 이 부분은 다음에 내가 하고자 하는 이야기와는 실질적인 관계가 없을지도 모르므로, 성급한 사람은 건너 뛰어 읽어도 상관없을 것이다.

먼저 문을 열고 들어가 보도록 하자. 그런데 이 문이라는 것부터가 다른 병원이나 병실의 문과는 사뭇 다르다. 그것은 물론 두께가 그렇게 엄청난 것은 아니라 해도 마치 얼음 창고의 문처럼 육중한 느낌이 드는데, 늘 안에서 열쇠로 굳게 잠겨 있다. 아무나 함부로 들어갈 수도 없고 나올 수도 없다. 우리는 어두컴컴한 그 문 앞에 가서 문 옆의 초인종 단추를 눌러야 한다. 문 앞의 복도가 유난히 음침한 것도 특징이다. 그러면 한참 만에 안에서 누구냐

Nevertheless, they virtually constituted an independent ward.

The name "Closed Ward" is likely to give the creeps to anyone who hears it; and yet, not many people really know about this particular kind of closed ward. In order to explain it, I need to describe the interior layout of the ward first. This description may have no relevance to what I am going to say later, so it won't matter much if some impatient readers skip this part altogether.

First, let's try to enter the ward by the entrance door. The door itself is already quite different from any other doors in most hospitals or hospital rooms. Although it is not remarkably thick, it feels as heavy as the door to an icehouse. And it is always locked from the inside. No one can go in and out without authorization. In order to open it, we need to push the buzzer button mounted on the wall next to the door. While waiting for the door to open, we can feel the particularly somber air in the hallway, one of the unique characteristics of this ward. After a long while, a businesslike voice demands to know the purpose of our visit. The door never opens to anybody else but the authorized personnel—the doctors, nurses, or employees hired to perform spe-

는 물음이 사무적으로 들려온다. 들어갈 자격이 있는 사람들, 예컨대 의사나 간호사가 필요에 의해 고용된 사람이나 특별한 보호자가 아니면 문은 열리지 않는다. 그냥 찾아오는 면회는 금지되어 있다. 신분이 확인되면 열쇠소리가 들리면서 그 문이 조심스럽게 열린다. 언젠가 한번은 내가 거기 들어가 있다는 말을 듣고 후배 하나가 찾아와서 그래도 혹시나 하고 하루 종일 기다리다가 하는 수 없이 발길을 돌렸다고도 했다. 어쨌든 문이 열려 들어갔다고 치자. 안쪽으로 그리 길다고는 할 수 없는 복도가 뻗어 있고 양쪽으로 작은 방들이 몇 개씩 늘어서 있다. 문마다 문패처럼 붙어 있는 명칭을 보면, 왼쪽으로는 집단요법실·작업 요법실·배전실이라 되어 있고, 오른쪽으로는 의사 상담실·비소독물실·치료실·간호사실이라 되어 있다. 이들 방을 지나면서 왼쪽으로 제법 널찍한 공간이 나타나는데, 이곳에는 벽 쪽으로 긴 의자가 놓여 있고 그 한쪽은 긴 의자 두 개가 마주 놓여지고 가운데 탁자가 놓여져 있다. 그리고 앞으로 책상이 있고 구석에는 커다란 텔레비전이 눈에 들어온다. 이 홀에서 창문을 통해 바깥으로 내다보이는 풍경은 그러나 예사롭다. 창문 쪽으로 가서 다시 왼쪽으로 눈을 돌리면 중앙 홀보다는 작은 공

cific duties, or some privileged guardians. Any casual visits are prohibited.

Once your identity is verified, the door opens slowly after the click of the turning key. Once, one of my juniors in school came to visit me after hearing that I was hospitalized there. He waited outside the door the whole day, hoping against hope, for the door to open, in vain.

Anyway, let's assume that we are let in. Now, we see the not-so-long stretch of corridors lined with several small rooms on either side. The nameplates on the doors read "Group Therapy," "Work Therapy," and "Power Distribution" on the left; and "Doctor Consultation Room," "Unsterile Materials," "Treatment Room," and "Nurses Room" on the right. We pass all these rooms to find a quite spacious area, called Central Hall, on the left. Along the wall are long benches in a row, and at the end of which is a table flanked by two long benches on either side. There is a desk right in front of us demarcating the hall from the corridor, from which we can see a large TV set placed in one corner. The view outside seen from the window of this hall is nothing out of the ordinary, though.

Turning left from the window, we see another

간이 되는데, 이 가운데서 〈챔피온〉이라는 딱지가 붙은 탁구대가 놓여 있고 그 옆으로 실내운동을 위한 자전거 페달 밟기가 놓여 있다. 벽에 붙어서 주로 만화잡지들이 꽂혀 있는 초라한 책꽂이가 놓여 있고 창턱의 긴 화분에는 스킨과 베고니아가 비들비들 살아 있다. 다시 책상 앞으로 와서 복도를 걸어가기로 하자. 오른쪽으로 커다란 쓰레기통이 놓여 있는 위로 샌드백이 매달려 있는 작은 공간이 눈에 들어오고 양쪽에 방들이 늘어선다. 왼쪽으로는 그냥 고유번호의 숫자만 적혀 있는 병실들이 다섯, 오른쪽으로는 소독물실과 욕실이 있는 다음부터 역시 고유번호의 숫자만 적혀 있는 병실들이 넷 늘어선다. 욕실에는 〈주의사항〉이라는 글자 아래 〈오전 6시 이전 오후 8시 이후 사용을 금합니다. 욕조에는 들어가지 마십시오. 사용후 간호사실에 연락해 주십시오〉라고 적혀 있다. 여기서 알 수 있는 것은 숫자만 적혀 있는 것이 병실로서, 모두 합해서 아홉 개밖에 안 된다는 사실이다. 즉, 얼마 되지 않는 이들 병실을 위해 이 병동은 운영되고 있는 것이다. 이것이 다. 이것이 이 병원의 폐쇄 병동이다. 좀 더 설명을 덧붙이기로 하자면 아홉 개밖에 안 되는 병실은 1인용이 둘, 2인용이 넷, 3인용이 셋으로서 모두 열아홉 명의

space smaller than the Central Hall, where a ping-pong table labeled "Champion" stands in the center. Next to the ping-pong table is a stationary exercise bike. A shabby bookcase leans against a wall, containing mostly comics; and in a long pot on the windowsill, some wilted heliconias and begonias are barely hanging on to life.

Let's return to the desk and continue on along the corridor. Passing a large garbage can, a sandbag hanging over it in a small alcove on the right, we come to another series of rooms on either side. On the left, there are five rooms with assigned numbers on the doors, and, on the right, there is the "Sterilization Room," a bathroom, and four more numbered rooms. There's something written on the wall outside the bathroom, a heading: "Instructions." This is followed by "No entry before 6 a.m. and after 8 p.m. Do not go in the bathtub. Inform the Nurses Room after using the bathroom." Here, we realize that the numbered rooms are for patients and there are only nine of them altogether. In other words, this ward is run exclusively for only nine rooms.

That's all there is in this hospital's closed ward. To add a few more details, among the nine rooms, two

환자를 수용할 수 있다. 그러니까 생각보다는 훨씬 규모가 조촐한 폐쇄 병동이라 할 수 있겠다. 이것이 다다.

그러나, 아무리 조촐한 폐쇄 병동이라고 해도 폐쇄 병동임에는 틀림이 없다. 이 말은, 그곳이 폐쇄 병동으로서의 특성을 조금도 부족함 없이 유지시키고 있다는 뜻이다. 즉, 폐쇄 병동은 다른 병동과는 달리, 폐쇄 병동으로서의 규율이 엄연히 있으며, 그것이 거기서도 그대로 적용된다는 것이다. 우선 하나의 보기를 들자면 병실이 정해져 들어간 환자는 환자복이 나올 때까지는 입고 있던 옷을 그대로 입고 있을 수밖에 없는 것인데 이때부터 그 규율은 적용된다. 간호사가 들어와 느닷없이 혁대를 끌러 맡겨야 한다고 명령함으로써 그것은 시작된다. 그리고 주머니 속의 물건에서 위험한 것이라 여겨지는 것은 다 맡겨야 한다. 말이 맡긴다는 표현이지 압수당하는 것이다. 그때쯤이면 그 병실 창문의 바깥쪽에 철망이 쳐져 있다는 사실을 알게 된다. 처음 간호사가 와서 혁대를 끌르라고 말하면 흔히들 의아한 표정을 짓고 무슨 영문인지 몰라하게 마련이다. 그러나 곧이어 간호사가 말한다. 이건 환자의 안전을 위한 거예요. 아시겠죠? 간호사는 빤히 얼굴을 쳐다본다. 내 경우는 그 말의 뜻을 얼른 알아듣지 못했었

are single, four double-bedded, and three triple-bedded. That is, there are only nineteen patients in total. If this sounds a lot smaller than expected for a closed ward, that's exactly how it should sound.

Nevertheless, it's a closed ward all right, no matter how small it may be. I mean, it is fully qualified to be called a closed ward. A closed ward has its own set of rules separate from the other types of wards; and this particular set of rules is strictly observed here as well. Case in point: Once patients are assigned a room, the rules apply immediately to the patients even while they are still in their own clothes and waiting for their hospital-issued robes.

The rules and procedures begin with a nurse entering the room and ordering the patient to check in his waist belt and anything in their pockets that may be considered dangerous. Though called checking in, it is, in reality, confiscation. By then, the patient notices that all the windows of the room are covered from the outside with a wire netting. Usually, the patient gets confused when unexpectedly asked by the nurse to undo his belt. Then, looking him in the eye, the nurse says, "This is for the patient's safety. You understand, don't you?"

In my case, I didn't understand the nurse's expla-

다. 그래서 간호사의 얼굴을 마주 쳐다보았었다. 환자의 안전이라니? 혁대를 매고 있으면 어째서 위험한가? 혹시 혁대로 다른 사람을 다치게라도 한단 말인가? 내가 아니라 다른 사람이라도 과거에 그런 사례가 있었던 말인가? 도무지 어려웠다. 그 순간 얼핏 프랑스 사드 백작이 머리를 스쳐갔던 것은 이른바 식자우환이었을 것이었다. 사드라는 사람에서 비롯된 사디즘이라는 말이, 꼭 혁대 그것만을 채찍처럼 휘두르며 이성 상대를 괴롭히는데 괴롭힘을 당하는 상대는 오히려 쾌감을 느낀다는 내용은 아닐 터인데도, 내 천박한 머리에는 혁대가 떠올랐던 것이다. 일생에 한 번도 혁대로 남을 때린 적도 없으며 또 남으로부터 혁대로 맞은 적도 없는 내가 어디서 이따위 혁대 망상을 떠올렸는지를 구태여 따질 필요가 없을 것이다. 그것을 배워준 것은 서양 영화 몇 편이었음이 분명했다. 사내가 여자를 혁대로 마구 때린다. 여자는 비명을 지르며 죽어가듯 한다. 정의에 불타는 다른 사내가 그 현장에 끼어들어 사내를 물리친다. 그러나 그 순간 웬걸, 죽어가는 시늉을 하던 여자가 발딱 일어나 정의가 불타는 사내를 원망하며 질타한다. 여자가 그것을 즐기며 희열을 느끼고 있었음이 밝혀졌다. 이와 반대로, 때리고 맞는 관계가 서

nation at first. I stared back at the nurse thinking, 'For the patient's safety? What's so dangerous about a belt? Do they think I might hurt someone with it? Has that ever happened before?' I just couldn't understand it.

Alas, ignorance is bliss, because all of a sudden, Comte de Sade of France occurred to me. I knew that in the practice of sadism—the name of which originated from the French Count—belts are not the only things used to lash a member of the opposite sex to induce pleasure in both involved parties. However, the belt was what came to my vulgar mind when I thought of sadism. I have never hit anybody with a belt in my life. Nor have I ever been struck with a belt.

It doesn't take any analysis to see what got me to associate the belt with sadism at that time. It must have been a few images from several Western movies I'd watched: a man strikes a woman with a belt mercilessly. The woman screams on the verge of death. A righteous man intervenes, defeating the cruel man. The next moment, the dying woman suddenly leaps to her feet and berates her righteous rescuer. And finally, it becomes plain that the woman enjoys being beaten. While the man experi-

로 뒤바뀌어 있는 경우도 있다. 사디즘과는 상대적으로 학대당하는 것에 쾌감을 느낀다는 마조히즘이 여기에 결부된다. 이렇게 말하고 있으면 사디즘도 정신병으로서 폐쇄 병동용이라고 단정 짓는 것처럼 들릴지 모른다. 그런 걸 규정짓는 게 내 임무는 아니다. 따지고 들면야 세상에는 별별 이상한 모습의 삶이 있는 것이다. 성도착증자들·동성연애자들·편집광자들·과대망상자들·피해망상자들·광신기들…… 가령 이 가운데 하나인 성도착증자들 중에도 별별 남녀가 다 있다고 했다. 그러나 이야기는 다시 본래의 혁대로 되돌아가야 한다. 나는 경황 중에 혁대를 풀어 간호사에게 줄 수밖에 없었다.

「간혹 말이에요. 이런 걸로 자살을 하려는 환자가 있어서요. 이해하시겠죠?」

그녀는 확실히 말했다. 나는 그제서야 〈환자의 안전〉이라는 말뜻을 명확히 알 수 있었다. 혁대로써 다른 사람을 어떻게 하는 위험 때문이 아니라 자기 자신을 어떻게 하는 위험 때문이라는 것을.

자살?

나는 그 낱말이 내게 그토록 근접해 있는 사실에 흠칫 놀랐다. 그 말은 마치 내가 자살하기 위해 혁대를 매고 다

ences a kind of sadistic pleasure, his victim also has her masochistic fantasy satisfied.

By the way, I don't mean to say that sadism is a kind of mental disorder that needs to be treated in a closed ward. It's not my job to determine who belongs to a closed ward and who does not. There are all kinds of bizarre people: sexual perverts, homosexuals, monomaniacs, megalomaniacs, paranoiacs, religious fanatics, and so on. And even within the category of sexual perverts, it is said there are many different subtler variations. Now, I would like to return to the story of my belt.

Deeply confused, I had no choice but to undo my belt and give it to the nurse.

"Every now and then, we have patients who try to commit suicide using their belts, you see?"

Her explanation, this time, was very clear. Only then was I able to understand the meaning of "the patient's safety": the belt was dangerous not to others but to the patient himself.

"Suicide?"

I was taken aback by the fact that the word "suicide" had snuck up so close on me. The nurse's remark seemed to insinuate that I had been wearing my belt to kill myself. Now my belt in the nurse's

넜다고 깨우쳐주는 것 같았다. 그러자 간호사의 손에 들려 있는 내 혁대가 뱀보다도 더 흉물스러워 보였다. 스스로 목숨을 끊은 사람들을 가까이 본 적이 몇 번 있었었다. 언젠가 우리 식구와 같은 처지로 옆방에 세든 부부는 밤새도록 이놈아 이년아 싸웠는데 아침에 여자가 농약을 먹었다고 했다. 그 몸피 좋고 사람 좋은 여자가 기억 속의 첫 자살자로 아직껏 내 뇌리에 남아 있다. 그리고 그 다음으로는 실연한 이웃집 기정부 처녀, 까닭을 모르게 피로워했던 같은 과 학우, 가정불화의 동네 술친구 등이 있었다. 그들은 다만 사라짐으로써 나와 영원히 단절된다는 사실을 가르쳐주었다. 그런데 실로 엉뚱한 장소에서 나는 시험되고 있는 것이었다.

이제 이 자살이라는 말이 나온 김에 이야기의 순서를 잠깐 바꿀 수밖에 없는 것은, 다음날 의사가 〈심문〉을 할 때도 처음에 이 낱말이 나온 까닭이다. 정확하게 표현하면 의사와는 면담이라고 해야겠지만 그것은 확실히 심문이었다. 그 심문 가운데 하나가 자살에 대한 것이었다.

「혹시 자살을 꿈꾼 적이 있습니까?」

의사는 다짜고짜 들이대고 묻는 것이었다. 그러나 그 심문의 말이 떨어지는 순간 나는 이미 노회해져 있었다.

hand looked more insidious than a snake. I had seen the bodies of those who had taken their own lives. Once a couple living in the room next to ours in our tenement house had a terrible fight and the wife drank insecticide in the morning. That big, good-natured woman still remains the first suicide in my memory. Next was the jilted housemaid in the neighborhood, followed by my schoolmate in the same department who suffered from unknown affliction, my drinking buddy frustrated by family conflicts, and so forth. They had all showed me that people could disconnect from me once and for all simply by vanishing from the face of the earth. But what caught me off my guard hearing the nurse's explanation was the unexpected place where I was being tested.

Now that the notion of suicide has come up, I am compelled to make a detour and talk about the interrogation carried out by the doctor the following day, when "suicide" was the first subject brought up. Perhaps, this is usually called an interview when it happens with a doctor, but it was certainly nothing other than an interrogation for me. One of the questions the doctor asked during the interrogation was about suicide.

의사의 심문에는 형사나 검사의 심문에서와 마찬가지로, 절대로 곧이곧대로 대답해서는 안 되는 것이다. 그것이 머리싸움의 한 종류라는 것을 나는 잘 체득하고 있었다. 여기에는 상당한 기술이 필요한 것도 사실이었다. 무조건 잡아떼다가 진실성이 의심받아서는 곤란했다. 그러기 위해서는 먼저 주제를 흐려놓아야 한다.

「꿈꾼다는 건…… 뭐를 말합니까?」

나는 마치 프로이트처럼 되물었다. 여기서 자살이라는 심문의 핵심은 안개에 가려지고 꿈이라는 엉뚱한 그림자가 전면에 어룽거리게 되는 것이었다. 의사는 약간 당황한 기색을 보였다.

「글쎄, 자살에 대해서 무슨 생각이라도 해본 적이 있느냐고 묻는 겁니다.」

「무슨 생각이라니오? 충동 말입니까?」

내 물음은 조금도 흐트러짐 없이 단호했으나 나는 의식적으로 얼굴에 부드러운 웃음을 지어 보였다. 자칫 잘못해서 의사에게 말려드는 날에는 병원에 잡혀 있는 기간이 하루라도 길어지면 길어졌지 좋을 일이 없는 것이었다.

「그렇죠.」

의사는 쉽사리 넘어가지 않았다. 세상에 어떤 형태로든

"Have you ever dreamed about committing suicide?"

The doctor asked me this point-blank. However, the moment I heard the question, I knew I had to exercise extreme caution. In response to a doctor's questions, as to a detective's or a prosecutor's, one should never answer in a straightforward manner. I had already learned through experience that talking to a doctor is a kind of war of intellects. Of course, it requires a considerably high intellect to engage in this kind of battle. It won't do to deny absolutely everything because then I'd be suspected of being insincere. The best strategy is to deviate, as much as possible, from the point.

"Dreamed about—What do you mean by that?" I asked him back as if I were Sigmund Freud himself. Here, suicide, as the original focus of the interrogation, would be clouded by the unexpected, murky notion of dreams. The doctor appeared a bit befuddled.

"Well, I'm just asking if you've ever thought about suicide."

"Thought about? You mean suicidal impulses?"

My question was unflinching and to the point, but I tried to wear a soft smile. One false move would

한번이라도 에이 죽어버릴까보다 하고 생각해보지 않은 사람은 없을 것이다. 그러나 순진해질 필요는 없었다.

「없습니다.」

나는 딱 잘라 말했다. 공연히 양심이니 뭐니 하고 잘난 체하다가 쓸데없는 꼬투리를 잡혀서는 곤란했다. 만약 그런 충동이 일었던 적이 없기야 했겠어요 하는 정도로 솔직해졌다 하더라도 그 말은 요지부동의 전과로 차트에 기록되게 마련이었다. 그러면 나는 자살 충동 용의자로 분류되어 또 하나의 감시의 눈이 추가될 것이다.

이런 〈심문〉이란 실로 우스꽝스럽기 짝이 없는 것이었다. 그래서 의사 면담실에서 종종 환자의 난동이 벌어지는 것을 나는 충분히 이해할 수 있었다. 소파에 마주앉아 의사는 묻는다. 여기가 어디입니까? 몇 층입니까? 왜 왔는지 압니까? 그러고 나서 숫자를 따라 말해보라는 둥, 100에서 7일 빼면 얼마며 거기서 다시 7일 빼면 얼마냐고 몇 번 거듭하는 둥, 〈삼천리 금수강산〉을 거꾸로 해보라는 둥, 길에서 주민등록증을 주우면 어떻게 하겠느냐는 둥, 도무지 뻔하기 짝이 없는 질문이 계속 퍼부어지는 것이다.

의사와 마주앉아 하는 면담도 그렇지만 혼자서 작성해야 하는 〈다면적 인성 검사〉라는 것도 사람을 어리둥절하

lead directly into the waiting snare set by the doctor and prolong my captivity in this ward, of which nothing good would come.

"That's right."

The doctor was no pushover at all. As a matter of fact, there is no one in the world who has never been driven to suicidal thoughts, for one reason or another, at least once in their life. Nonetheless, I wasn't going to be naive.

"Never." I said flatly.

It would be an act of unnecessary bravado to appeal to my conscience, and thereby offer a cause to invite suspicion. Even if I revealed only a hint of honesty by saying, "I can't say the thought has never crossed my mind," there was no doubt that my word would go down in my chart as part of some inerasable criminal record. That meant I would be classified as someone suspicious, that is, someone susceptible to the suicidal impulse, someone requiring additional supervision.

These "interrogations" were truly ridiculous, to say the least. It's understandable that there were frequent rows kicked up by patients in the interview room. A patient and a doctor sit on the sofa face to face and the doctor asks a series of questions:

게 하기는 마찬가지였다. 그것은 여러 가지 항목의 글을 적어놓고 항목마다 자기 자신의 상태가 그것과 걸맞은지 아닌지를 〈그렇다〉와 〈아니다〉로 나타내는 것으로, 참으로 밑도 끝도 없는 것이었다.

아침에 일어나면 으레 상쾌하고 거뜬하다. (그렇다. 아니다.)

범죄에 관한 신문기사를 즐겨 읽는다. (그렇다. 아니다.)

손발이 찰 때가 많다. (그렇다. 아니다.)

일을 하려면 굉장히 긴장하고 애를 써야 한다. (그렇다. 아니다.)

차마 입 밖에 낼 수 없을 정도로 나쁜 일을 생각할 때가 가끔 있다. (그렇다. 아니다.)

새 직장에 갔을 때, 누가 실력자인지를 파악하려고 한다. (그렇다. 아니다.)

나의 성생활은 만족스럽다. (그렇다. 아니다.)

가끔 집을 떠나고 싶을 때가 있다. (그렇다. 아니다.)

아무도 나를 이해해주는 것 같지 않다. (그렇다. 아니다.)

때때로 욕설을 퍼붓고 싶어지는 때가 있다. (그렇다. 아니다.)

Where are you? What floor are we on? Do you know why you're here? Then comes a barrage of the most foolish requests: Repeat the numbers after me. Take away 7 from 100. Take away another 7 from the remainder and keep doing it several more times. Say "sam-cheol-li-geum-su-gang-san" backwards. Tell me what would you do if you found a resident registration card on the street? And so on.

Besides the doctor's interview, the so-called Multifaceted Personality Test, completed by the patient alone, is also confusing. The test consists of a plethora of questions, all of which seem completely groundless, and the patient is supposed to choose either Yes or No after each question based on his own assessment of himself.

Waking up in the morning, I feel refreshed and healthy. (Yes/No)

I like reading newspaper articles about crimes. (Yes/No)

My hands and feet get cold quite often. (Yes/No)

It takes a lot of effort and tension to perform a task. (Yes/No)

Sometimes, I have a thought that is so evil that I can't even say it. (Yes/No)

내 건강에 대해서 걱정하는 일이 많다. (그렇다. 아니다.)

가끔 무엇이고 때려 부수고 싶어지는 때가 있다. (그렇다. 아니다)

언제나 참말만을 하지는 않는다. (그렇다. 아니다.)

학교 친구나 오랫동안 못 본 친구들이 먼저 인사하기 전에는 모르는 체하고 지나가는 것이 마음 편하다. (그렇다. 아니다.)

나보다 못한 사람으로부터 명령을 받아야 할 때가 종종 있다. (그렇다. 아니다.)

여기에 아무렇게나 인용한 항목은 불과 열다섯에 지나지 않는다. 더 늘어놓을 필요도 없을 것이기에 이럴 경우 차라리 지면이 허락지 않는다고 하는 편이 더 점잖을지 모른다. 불과 열다섯인데도 그것들이 〈그렇다〉면 어떻고 〈아니다〉면 어떻다는 것인지 하품과 한숨이 절로 나올 지경인데, 이러한 항목이 얼마나 있는고 하니 무려 566개인 것이다. 56이 아니라 566이다. 나도 다른 사람처럼 행복했으면 좋겠다. 목덜미가 아프거나 뻣뻣할 때가 있다. 가끔 화를 낸다. 연애소설을 좋아한다. 능력 있고 열심히 일하면 누구나 성공할 가망이 많다. 인생은 살 보람이 있

At the beginning of a new job, I always try to find out who is the man of influence there. (Yes/No)

I am satisfied with my sex life. (Yes/No)

At times, I want to run away from home. (Yes/No)

No one seems to understand me. (Yes/No)

Sometimes, I have the urge to curse and swear. (Yes/No)

I am often worried about my health. (Yes/No)

Sometimes, I have the urge to break things to pieces. (Yes/No)

I don't always tell the truth. (Yes/No)

When I meet a friend or a schoolmate whom I haven't seen for a long time I tend not to greet him first, unless he greets me first. (Yes/No)

Often, I am ordered around by those who are beneath me. (Yes/No)

These are only fifteen entries from the test, chosen at random. There's no need to cite more; so, at this point, I'll just say that there isn't enough space to list them all. I don't see what difference it'd make whether or not a patient answers Yes or No to any of them. These fifteen entries alone could bore a patient to death; but there are as many as 566 of them in total.

다고 생각한다. 오늘 해야 할 것을 내일로 미루는 일이 가끔 있다. 사람들은 잘되기 위한 거짓말도 한다. 나는 매일 세수한다. 여자도 남자와 같이 성의 자유를 가져야 한다. 가장 힘드는 싸움은 나 자신과의 싸움이다. 때때로 기분이 좋지 않을 때는 짜증이 난다. 건방진 사람이 일을 청하면 옳은 일이라도 반대하고 싶어진다……. 항목은 끝없이, 끝없이, 끝없이 566 향해 진행된다. 몇 페이지나 되는 설문기를 한번 쓰고 버리기 아까워서인 듯 내게 주어진 그것은 앞서서 누군가에게도 한두 번 주어졌던 모양으로, 곳곳에 볼펜 흔적이 남아 있었는데, 드디어 마지막 항목 밑에는 〈집어쳐〉라고 신경질적으로 쓴 볼펜 글씨가 휘갈겨져 있기도 했다. 이 글자를 보면서 나는 그래도 위안을 받았고 문득 566까지 진행되었을 바에야 차라리 588까지 나아갔더라면 어땠을까 하는 꽤나 여유작작한 발상이 스쳐가기도 했다. 청량리역 근처의 그 이름난 홍등가의 명칭인 〈오팔팔〉이 왜 하필이면 떠올랐던지, 내 정신이란 역시 어딘가 허황된 구석이 있는 모양이었다. 아니 그렇게 단정지어서는 안 된다. 그 이상한 검사지를 가지고 도대체 무엇을 검사한다는 거냐고 나는 반발했던 것 같다. 그것은 결국 〈집어쳐〉라고 내뱉은 말과 같은 것에 지나지 않

Not 56, but 566. I want to be happy as bad as the next man. At times, I have a stiff and achy neck. I get angry every now and then. I love romance novels. I think anyone can be successful if he is competent and hardworking. I believe life is worth living. I sometimes put off till tomorrow what I have to do today. People lie if it's to their advantage. I wash my face everyday. Women, like men, are entitled to enjoy their sexual freedom. The hardest fight is the fight against myself. Sometimes, I get irritated when I'm not feeling too well. When asked to do a job by an arrogant person, I want to refuse even when there's nothing wrong with the job itself.

The entries go on and on toward number 566. The several-page-long questionnaire that I was given seemed to have already been used by another patient before me since it had traces of ballpoint writing here and there. On the last, recycled, page of the test, I found "The hell with it" scribbled across under the last entry. I felt some consolation from the scribble and an audacious idea crossed my mind, if briefly: Since the questionnaire went all the way to number 566, why not extend it to 588? I don't know why on earth the number 588, the name of a well-known red light district near Cheong-yangni

왔다.

문제는 그런 등속의 〈검사〉 내지는 〈심문〉이 그 밖에도 많다는 것이었다. 아무튼 혁대로부터 비롯된 자살이라는 낱말이 나와서 이야기는 많이 건너뛴 결과가 되고 말았다. 그렇게 간호사로부터 그 밖에 유리병이나 끈·칼·성냥·손톱깎이·병따개·거울 등의 위험한 물건을 소지하면 안 된다는 주의를 받는 것으로써 그 폐쇄 병동에서의 생활은 실제루 시작된 셈이었다. 나중에 〈알리는 말씀〉이라는 종이를 보니 그 소지해서는 안 될 위험물 가운데는 종교 서적도 들어 있었다.

그녀가 그림을 잘 그린다는 사실을 안 것은 〈미술 요법〉이라는 시간을 통해서였다. 〈미술 요법〉이란 〈독서 요법〉과 〈오락 요법〉과 〈작업 요법〉 등 시간과 함께 일주일에 한 시간씩 그림 그리기로 치료 효과를 돕게끔 시도하고 있는 프로그램이라고 했다. 그런 시간이라길래 기웃거리며 작업 요법실 문을 열고 들어가 보니 벌써 몇 명이 열심히 그림을 그리고 있었다. 그때 나는 그녀가 붓을 들고 그림을 그리고 있는 것을 보았고, 외부에서 초빙되어온 젊은 남자 선생이 그 그림을 들여다보며 상당히 진지하게 고개를 끄덕이고 있는 것을 보았다. 병동에 들어간 지 얼

Train Station, occurred to me at the time. Sure enough, there must be something absurd about my psyche. No, I shouldn't jump to that conclusion. I think I was protesting against the point of that strange test, which amounted to someone spitting out, "The hell with it!"

The real problem was there were so many other tests or interrogations of that ilk. Well, the story of my belt has led to the subject of suicide, creating a long detour on my way to the story of that woman. My life in that closed ward practically began when the nurse warned me not to keep anything dangerous in my possession like belts, glass bottles, strings, knives, matches, nail-trimmers, bottle openers, mirrors, etc. According to a notice I received later, among the inadmissible personal belongings were even religious books.

It was during the art therapy session that I noticed she was a gifted painter. I was told art therapy was a program to help enhance the effect of the treatment, along with the other one-hour-a-week programs: reading therapy, recreational therapy, and work therapy. Informed of these painting sessions, I carefully opened the door to the work therapy room and walked in. There were already several people

마 되지 않아 여러 가지로 어리버리한 상태에서 간호사가 시키는 대로 가라면 가고 오라면 오고 있었던 나는 도화지 한 장을 받아들고 그녀의 맞은편에 앉았다. 그녀가 그림을 잘 그린다는 사실을 그 시간에 알았다고 나는 앞에서 말했다. 그러나 더 면밀하게 말하면, 그녀라는 사람에 대해 그때 처음으로 어떤 개념을 가졌다고 해야 한다. 나는 그때 비로소 저런 여자가 있었구나 하고 내 나쁜 눈을 탓했던 것이다. 그림뿐만이 아니라 무엇에도 열심히, 성실하게 몰입하고 있는 모습은 아름답다고 나는 생각했다. 새삼스러운 생각이 아니라 확인이었다. 그러자 식사 시간에도 그녀를 몇 번인가 얼핏 스쳐보았던 기억이 났다. 나중에 관찰한 바로는 그녀의 행동거지 자체가 워낙 폭이 좁아서 남의 눈에 띄지 않은 점도 있었다. 그녀는 식사 시간이나 약을 받는 시간 이외는 병실에서 나오는 적이 거의 없었다. 아침 체조 시간이나 차 마시는 시간이나 오락 요법 시간이나 모두 그녀에게는 해당이 없는 시간이었다. 하기야 이렇게 정해놓고 모두 모이도록 되어는 있으나 강제성은 없는 것이었다. 간호사가 방방이 몇 차례씩 돌며 독려해도 꼼짝 않는 사람은 어쩔 도리가 없었다. 그녀도 그런 축에 들었다. 그런데 드디어 그 방에서 그녀를 보았

absorbed in their paintings. Then I saw a woman painting alongside and a young male teacher. He had been invited from outside and he was looking at her painting, nodding his head quite seriously. Still new to the ward, I was confused, coming and going at the bidding of the nurses. Holding a piece of paper a nurse handed to me, I took a seat opposite her.

I've already mentioned earlier that I noticed her talent for painting during the art therapy session. To be more precise, though, that was actually the first time that I had ever taken note of her. I reproached myself for having failed to notice a woman like that earlier. She was enthusiastic and sincere, not only in painting but all the other activities as well. I thought she was beautiful the way she was. Oddly enough, I didn't feel that I had just discovered her beauty for the first time. Rather, I felt that I was confirming what I had already known. Then, I remembered catching a glimpse of her a few times during mealtime. According to my later observations, the range of her activities was so narrow she was seldom seen by anyone. Except during meal and medication time, she rarely left her assigned room. Morning exercise, teatime, or entertainment therapy was all

던 것이다.

그녀는 다른 사람은 거의 의식하지도 않고 열심히 그림에만 눈길을 쏟고 있었다. 수채화 물감을 붓에 묻힐 때도 그녀는 붓 끝만 바라보고 있는 식이었다. 어찌 보면 다른데로 눈길을 돌리지 않는 그 자체가 다른 것을 지나치게의식하고 있음을 반증한다고 여길 수도 있었다. 입을 앙다물고 도화지와 물감과 물로만 옮겨가는 눈길이 거기에있었다. 그림 그리기 말고 다른 요법 시간에는 전문 강사가 따로 없이 간호사들이 맡아 하고 있는 반면 그 시간만큼은 바깥에서 화가를 모셔오고 있었다. 지지난 주일은등공예, 지난 주일은 가죽공예, 이번 주일은 음식 만들기등으로 주일마다 바뀌는 작업 요법 시간과는 달리 그림그리기는 매주 계속되는 것이기는 했다. 그러나 독서 토론 시간도 매주 계속되는 요법 중의 하나였으나 그 시간은 예쁘장한 박 간호사가 맡고 있었다. 간호사는 누가 쓴것인지 모를 수필을 과제로 독서 토론을 하고 있는 중이었다.

어쨌든 그녀는 그림을 그리고 있었다. 탁자 위에는 플라스틱으로 만든 사과며 귤이며 복숭아가 놓여 있었다. 하지만 그녀는 그걸 그리고 있는 것은 아니었다. 그녀가

irrelevant to her. Then again, these activities were not compulsory. The nurses would go around to each room and encourage the patients to participate. But, despite their best efforts, some just wouldn't budge an inch. She was one of them. Then one day, I happened to see her in her room.

She seemed unconscious of the other people in the room, her eyes focused only on her painting. Even while dipping her brush in the watercolors, she looked only at the tip of her brush. In a sense, however, her unwavering eyes may have been only the façade behind which she was overly conscious of her surroundings. Her lips were closed tightly and her eyes were riveted on only the paper, the colors, the water.

While all the other treatments and supplementary therapies were in the charge of the nurses, art therapy was supervised by an outside artist. Unlike the work therapy session, which tended to change its theme every week from rattan crafts to the leather crafts to the culinary arts, painting was offered consistently every week without any change in theme or schedule. The reading and discussion sessions were every week, and were led by a pretty nurse named Miss Park. Miss Park and the patients in the

열심히 그리고 있는 것은 기러기인지 고니인지, 그렇게 커다랗게 생긴, 하늘을 날아가는 새였다. 그 커다란 새는 얇게 구름이 깔린 하늘을 날아가고 있었다.

「저렇게 큰 새가 어떻게 하늘을 날아다니는지 궁금해요.」

나는 느닷없이 말하고 말았다. 그러자 미술 선생과 다른 사람들이 나를 동시에 쳐다보았다. 나는 그녀가 그린 그림 속의 새를 가리키고 있는 것이 아니라 일반적인 새를 가리킨 것이었다. 나는 늘 그렇게 생각하고 있었던 것이다. 꿈속에서 내가 새가 되었는데, 아무리 날갯짓을 쳐도 내 몸이 무거워 날지를 못해서 끙끙대다가 간신히 잠을 깬 적도 있었다. 그것은 악몽이었다.

「아주 잘 그리고 있어요.」

미술 선생은 그녀를 옹호하듯 말했다.

「아, 네.」

나는 어색하게 웃었다. 나는 언뜻 그녀에게 미안한 생각이 들었으나 그녀는 전혀 아랑곳없이 그림에만 열중하고 있었다. 내가 잠깐 머쓱해져 있자 미술 선생은 내게 무엇이든 그려보라고 말했고, 그제서야 나는 내가 무엇을 그려야 하는가 궁리를 해야 함을 알았다. 그릴 것이 없었

group were reading and discussing an essay of an unknown author.

Anyway, the woman was painting. On the table in front of her were plastic apples, oranges, and peaches. But she wasn't painting any of these. She was painting a large bird, perhaps a wild goose or a swan, flying across a sky covered in wispy clouds.

"I wonder how a big bird that big can fly."

I blurted it out involuntarily. The art teacher and everyone else in the room all turned their heads to look at me. I wasn't talking about the particular bird in her painting, but about that species of bird in general. I had always wondered about it. Once I had had a dream where I was a bird. But, no matter how hard I beat my wings, I couldn't fly because of the heavy weight of my body. Still struggling to fly, I woke up. It was a nightmare.

"You're doing very well." The art teacher said it as if to trying to protect her.

"Ah, yes, of course." I laughed awkwardly.

I felt apologetic about my remark, but she seemed unconcerned and concentrated on her painting. The art teacher noticed my awkwardness and told me to paint whatever I wanted to paint. Only then did I realize I had to think about what I wanted to paint.

다. 나는 멍하니 창밖을 내다보다가 슬그머니 방을 나와 버렸다.

나로서는 그것으로 그만이었다. 정말로 나는 별다른 뜻이 없었다. 그런데 그녀에게는 그게 아닌 모양이었다. 지금 나는 그 그림 그리기 시간에 드디어 그녀를 보았다고 꼭 집어 말하고 있다. 그렇지만 그때까지 여전히 그녀는 여러 여자 환자들 중의 하나일 뿐이었다. 말하자면 그림을 열심히 그린달 뿐 특별히 무슨 관심을 기울일 일이 없는 여자였다. 병동에 들어가 며칠이 지나는 동안 나는 여러 남녀와 자유롭게 이야기를 나누는 사이가 되어 있었다. 그러나, 이미 밝혔듯이 그녀와는 그럴 기회조차 제대로 없었다. 3인용 병실인 6117호실에 틀어박혀 그 긴 시간 무엇을 하는지 알 수 없었다. 하지만 그 그림 그리기 시간 이후 나는 나도 모르게 그녀에 대해 뭔가 궁금하게 여기고 있는 나를 발견했다. 침대에 누워서 천장이나 벽을 바라보며, 혹은 창밖의 일상 사람들을 물끄러미 내려다보며, 내가 무슨 상념에 젖어 있나 퍼뜩 가다듬어보면, 그것이 그녀일 경우가 몇 번 있었던 것이다. 내가 무엇 때문에 저 여자를 머리에 떠올리고 있었던 것일까? 나는 의아했다. 다행히 그녀를 향한 어떤 상념은 그 의아함에서

I had no idea, so I looked out the window blankly for a while. Then I snuck out of the room.

As for myself, that was all. I mean what had happened in the painting session didn't mean much to me. Later, however, I learned that she hadn't felt the same way.

Let me emphasize once more that I finally took note of her during the painting session. Until then, she was just another female patient. Yes, she was a passionate painter, but other than that, there was no reason why I should have paid special attention to her. Several days after I entered the ward, I began to feel comfortable talking with most of the men and women there. However, as I've said earlier, that woman was hardly around to talk to, and, I wasn't interested enough to find out what she was doing all day cooped up in room 6117, one of the triple-bedded rooms.

After the first art therapy session, however, I found myself wondering about her. On a few occasions, while lying on my bed, looking up at the ceiling or wall, or gazing down at the ordinary people in the street from my window, I caught myself thinking about her. "Why am I thinking about her?" I wondered, upon which the thought of her would fade

멈추어지곤 했다. 폐쇄 병동에 함께 수용되어 있다는 것뿐, 그때까지 우리는 아무런 연관이 없었다.

그런 어느 날이었다. 나는 작업 요법실에 들어가 의사가 내게 내려준 숙제를 하고 있었다. 신참이었으므로 나는 앞에 말한 것과 같은 여러 가지 검사를 연거푸 해야 했다. 그때 나는 〈문장 완성 검사〉라는 걸 하느라고 잔뜩 부아가 나 있었다. 아니, 그날도 그보다 먼저 의사와 마주앉이서 흰 심리 검사에서부디 부이기 니시 니 역시 〈깁이처〉를 외치고 싶었다. 그것은 뒷부분이 빠져 있는 문장을 나름대로 완성하는 것이었다.

　(1)가족을 부양하는 것은

　(2)언젠가 나는

　(3)나의 어머니는

검사지는 이렇게 (50)까지 계속되어 있었다. 몇 개의 문장 앞머리를 더 인용하면 (4)사람들이 나를 피할 때, (5)교육이라는 것은, (6)사람들이 성에 대해 이야기하면, (7)내가 정말 행복하려면, (8)나는, (9)다른 사람들과 함께 있는 것은, (10)내가 바라는 여인상은…… 하고 무려 50개나

away quite readily. Even then, there was nothing that connected her to me except for the fact that we were both patients in the same ward.

Then, one day, I was doing the homework the doctors had assigned to me in the work therapy room when I met her again. As a newcomer, I had to undergo a lot of tests like the ones I mentioned earlier. At the time, I was exasperated by my Sentence Completion Test homework. As a matter of fact, during the psychological assessment, which I had done just before the homework, I got so irritated that I was on the verge of yelling, "The hell with it!"

The homework was to read partial sentences and complete them in my own way.

(1) Supporting my family is _____

(2) Someday I _____

(3) My mother _____

There were fifty partial sentences in all. Here were some more: (4) When people avoid me_____. (5) Education is _____. (6) When people talk about sex _____. (7) If I really want to be happy_____. (8) I am _____. (9) Being with others _____.

줄지어 있는 것이었다. 이 문장들을 하나하나 완성해 나가면서 나는 내가 왜 그렇게 한심스러운지 눈물이 날 지경이었다. 창밖을 내다보라. 언제나처럼 높은 굴뚝이 하늘로 솟아 있고, 어쩌다 새들도 날아가고, 그 아래로는 옷깃을 여민 남녀들이 생활 속을 걸어 다니고 있다. 일 때문에 그렇게 가거나 사랑 때문에 그렇게 가거나 그들의 기쁨과 슬픔과 외로움과 그리움을 함께 느끼고 숨 쉬고 싶었다. 시대를 이야기하고 정치와 사회와 경제와 문화를 이야기하고 싶었다. 사랑 이야기도 좋을 것이었다. 뒷골목 허름한 해장국 술집에 넋 놓고 앉아 떠나간 여자를 생각하는 맛도 각별하리라. 떠나간 여자는 어딘가에 한 송이 청초한 꽃처럼 피어나 살고 있는 것이리라. 그런데 나는 지금 엉뚱하게도 폐쇄 병동에 들어앉아 〈문장 완성〉이라는 실로 어리둥절한 검사를 받고 있는 신세였다. 이른바 〈순수〉를 등껍데기처럼 진 거북이 꼴로 살다가 발랑 뒤집혀 어쩌지도 못하고 버둥거리고 있는 내 모습이 연상되었다. 내가 행복하게 해주겠다고 귓가에 속삭였던 여자들이 볼까봐, 아무도 없는 그 방에서도 나는 여간 껄끄럽지 않았다. (49)남자들은 여자에 대해, (50)나의 능력은……
검사지는 마침내 끝나고 있었다. 휴우, 나는 긴 숨을 내쉬

54

(10) My ideal woman is _____. And so on.

Filling out each blank, I felt so miserable I almost cried. I looked out the window. As usual, I saw a chimney towering into the sky. Once in a while, birds flew across the window, and I watched the neatly-dressed men and women walk around in the middle of their everyday lives. Whether they were in pursuit of work or love, I would love to feel and breathe, together with them, the happiness, sadness, loneliness, and yearning that accompany life. I wanted to talk with them about the times, politics, society, economy, culture. Love would be a good conversation topic, too. Sitting in a shabby tavern in some alley, lost in thought about the women in my past—who were probably at the height of their lives like flowers in full bloom—wouldn't be half bad.

At the moment, though, I was sitting in a closed ward taking some absurd test called "Sentence Completion." I imagined myself as a tortoise that had lived carrying "purity" on its back instead of its shell. Now, turned upside down, I was struggling, in vain, to be get myself back on my feet lest those women—in whose ears I had whispered promises to make them happy—should see me, I was ill at ease even in that empty room. (49) Men think of

었다. 그 문장들을 완성하는 동안에 인생이 다 흘러간 듯한 느낌이었다. 그리고 두 팔을 머리 위로 올려 기지개를 켜려는 순간 나는 그 방에 누군가가 들어와 있는 기척을 알아챘다. 나는 후딱 돌아보았다. 그녀였다.

「글을 쓰셨군요.」

그녀는 매우 친숙한 사람처럼 물었다. 나는 그 친숙한 몸짓이 오히려 어색하게 느껴진 것도 그러려니와 글을 쓰고 있었냐는 물음이 이해가 되지 않아서 그녀를 물끄러미 쳐다보고만 있었다. 글을 썼다면, 그것은 확실히 글을 쓴 것이었다. 그러나 또한 확실히 그것은 글을 쓴 것이라고 할 수는 없는 노릇이었다.

「혹시 그림을 그리고 있는가 했지요.」

그녀는 한 걸음 더 나아갔다. 나는 막막해지지 않을 수 없었다. 내가 무엇을 하고 있었는지는 방에 들어서자마자 알았을 것이다. 문장 완성 검사는 누구나 거쳐야 하는 검사였으므로 그녀도 내가 무엇을 하고 있는지는 알고도 남았을 것이다. 그러니까 그녀는 뭔가 내게 이야기를 건넬 꼬투리를 잡고 있는 것이었다.

「그림은 안 그려요. 아니지. 못 그려요.」

나는 조금은 퉁명스럽다 싶게 말했다. 그림이라고 그려

women as _____. (50) My abilities are _____.

Finally, the test was over. I let out a long sigh. I felt as if I had spent my whole life completing those fifty sentences. I was stretching my arms when I sensed that someone else was in the room. I turned around quickly. It was her.

"Oh, have you been writing?"

Her voice was friendly. I stared at her without saying anything, feeling uncomfortable by her friendly gesture and bewildered by her question. I certainly had been writing. Then again, I wouldn't call this writing.

"I was just wondering if you'd been drawing," she added.

But I felt helpless. She must have known what I was doing when she walked into the room. Since the Sentence Completion was a mandatory test that all patients had to take, it was impossible not to know what I was doing. If so, she must have been looking for an opportunity to talk to me.

"I don't draw. I mean I can't draw," I said.

My words came out a bit gruff. I couldn't believe it myself that the art class in high school was the last time I had ever drawn anything. It didn't make sense that while I appreciated beauty, I could never

본 것은 고등학교 미술시간 이래 한 번도 없었으니 나도 참 엔간한 인간이기는 했다. 아름다운 것은 알겠는데 그걸 형상화시키지 못한다는 사실은 좀처럼 수긍할 수 없는 일이었다. 그림이나 노래를 뜻대로 못 한다는 것은 그만큼 잘못 살아온 것처럼 여겨졌다. 그 방에 들어와 홀로 문장 완성 검사지를 펼쳐놓기 전에 의사와 마주앉아서 치렀던 심리 검사의 내용이 다시금 떠올랐다. 거기서 주어진 문제가 그림에 관하여 왜 그렇게 많은지 그림을 못 그리는 나만을 겨냥한 것은 아닐 터인데도 나는 속으로 〈집어 쳐〉를 외쳤을 만큼 저항심을 느꼈던 것이다.

「자, 그 종이에다 나무를 먼저 그려보세요.」

의사는 백지를 내밀며 말했었다.

「무슨 나무를요?」

나는 그렇게 물을 수밖에 없었다. 의사는 내게 느닷없이 나무를 그려보라고 지시한다. 마치 내 약점을 단번에 찔러서 그것을 통하여 내 심리를 파악하겠다는 의도로 받아들여진다. 그러나 설마 의사가 내가 그림을 지지리도 못 그린다는 사실을 미리 알았을 리는 없는 것이다. 그것은 어디까지나 내 자격지심일 뿐이다. 이렇게 나를 안심시켜도 〈나무〉라는 말이 갑자기 엄청난 추상명사처럼 다

draw. Inability to draw or sing seemed to evince that I had lived my life wrong. I was reminded of the Psychological Test I had taken with the doctor before I entered this room for the Sentence Completion Test. There were so many questions related to painting. Although I knew that those questions were not aimed specifically at me, someone who was never able draw, I got so frustrated that I kept yelling out in my mind, "The hell with it!"

"Well, first, draw a tree on this paper, please," the doctor said, handing me a piece of paper.

"Which tree?"

I couldn't help asking the question. The doctor had asked me to draw a tree out of the blue. I took it as an attempt to get a grasp of my mental state at one go by attacking my weakness. The next moment, though, I tried to tell myself that the doctor couldn't have known in advance about my inability to draw and that I only felt that way out of insecurity. Despite my efforts to reassure myself, the word "tree." came to me as a formidably abstract noun. Of course, we may have some concrete ideas of specific kinds of trees like chestnuts, oaks, persimmons, dates, Chinese quinces, etc. But it is

가왔다. 물론 밤나무·참나무·감나무·대추나무·모과나무
등 종류마다의 나무는 구체적으로 알 수 있어도 나무 일
반은 우리가 알 수 있는 게 아니다. 더 나아가 밤나무도
어느 하나의 특정한 밤나무는 우리가 알 수 있어도 밤나
무 일반을 알 수 있는 것은 아니다. 이렇게 말하는 것이
지나치게 사변적이라 할지 모르므로 이것은 어디선가 인
용한 것임을 밝혀두기로 한다. 무슨 나무를 그려야 좋을
지 나는 한동안 머뭇거렸다. 아무 나무나 그려보라는 의
사의 말에 나는 국민학생들이나 그림 직하게 팔을 양쪽으
로 쫙 벌리고 서 있는 나무를 그렸다. 타원형의 잎사귀 몇
개를 적당히 그리고 나서 나는 의사를 쳐다보았다.

「그 나무가 무슨 나무입니까?」

그러자 의사는 정색을 하고 물었다. 나무를 그리는 것
만으로 과제는 끝나지 않았다.

「글쎄요……… 무슨…… 나무인지……」

나는 얼버무렸다. 무슨 나무를 생각하며 그 나무를 그
렸는지 알 수 없었다. 나를 빤히 바라보던 의사는 알았다
는 듯이 무엇인가 차트에 적어 넣더니 「좋습니다.」 하고
는 다음 과제로 넘어갔다. 의사는 집을 그리게 하고는 그
집이 무슨 집이냐고 물었다. 그 다음에는 남자를 그리게

beyond us to describe the tree generically as a whole. Even within the category of chestnut, we may be able to recognize one particular chestnut tree, but we cannot possibly know the generic chestnut. I may be accused here of being much too speculative, so I would like to clarify that I am quoting from a source. Anyway, I hesitated for a while, unable to decide which tree to draw. Told by the doctor that I could choose any tree, I drew a tree in the way an elementary school kid would, with a trunk and two arm-like branches stretched out from either side. Adding several sloppy-looking, oval leaves to the branches, I looked back at the doctor.

"What kind of tree is that?" the doctor asked. His face was serious. Obviously, my job wasn't just to draw a tree.

"Well...what... kind of tree..." I trailed off. I didn't know what kind of tree I had in my mind when I had drawn it. The doctor stared at me for a while and jotted something down in his chart with a knowing look. Then he said "Okay," and moved on to the next task.

He asked me to draw a house and asked what kind of house it was. After the house, I drew a man and was asked a few more detailed questions: What

하고는 그 남자가 어떤 남자냐는 것이었다. 그 남자가 몇 살이며 성격은 어떠하며 무슨 일을 하는 사람이냐고 의사는 따지듯이 물었다. 내가 알 길이 없었다. 그 다음에는 여자를 그리게 하고는 그 여자가 어떤 여자냐는 것이었다. 내가 알 길이 없었다.

이 그림 그리기가 끝나자 다음 과제는 그림 보고 그리기였다. 의사는 가방 속에서 작은 책자를 내놓고 펼쳐놓았다. 그리고 거기 그려진 간단한 모양들을 그대로 옮겨 그리라고 지시했다. 아닌 게 아니라 그 모양들은 워낙 간단해서 지금도 몇 가지는 쉽게 기억할 수 있다.

이런 것들이었다.

그 다음 과제는 그림 보고 느낌 말하기였다. 의사는 가방 속에서 다른 책자를 꺼내 이쪽저쪽 펼쳐보였다. 그것은 아무런 구체적 형상도 아닌 부정형의 형상으로서, 말하자면 제멋대로 된, 그림 아닌 그림이라고 하는 게 옳을

kind of man is he? How old is he? What's his personality like? What does he do for living? It was impossible for me to answer the questions. Then I was asked to draw a woman and asked again what kind of woman she was. I had no way of knowing the answer.

After the whole drawing bit was over, I had to copy pictures from a small book that the doctor took out of his bag. He told me to copy the simple shapes on the pages. Those shapes were so simple that I still remember some of them quite clearly.

These are some examples of them.

The next task was to express my feelings after looking a handful of image. The doctor took another book from out of his bag and opened it to some random pages. The pictures didn't represent anything concrete. In other words, they were shapeless or picture-less pictures. The doctor himself reassured me that there were no right or wrong answers.

것이었다. 의사 역시 이건 정답은 없는 거라고 안심을 주기도 했던 것이다.

「박쥐…… 나비…… 골반…… 바닷속…… 사원……」

나는 그야말로 느낌을 말하려고 애썼다. 정답이 없다고 했어도, 아니 정답이 없다고 했기 때문에, 그것은 더 어려운 문제였다. 정답이 있었다면 모른다고 해도 그만일 텐데 어쨌든 무엇인가 자신의 견해를 밝혀야 한다는 것이 그토록 어려운 일임을 나는 그때 처음 알았다. 그런데도 내가 하나하나 말할 때마다 의사는 무엇인가 차트에 꼬박꼬박 적어 넣는 것이었다. 의사가 적어 넣는 것을 보며 나는 그가 내 존재의 비밀을 나보다 더 잘 알고 있으리라는 기분 나쁜 느낌에 사로잡히기까지 했다. 끔찍한 일이었다.

몇 개의 그림을 그리고 생각을 말하고 하는 동안 나는 마치 산 채로 회를 떠 살이 다 발라내지고 앙상한 뼈만 남은 생선 꼴이 되었다는 느낌이었다. 언젠가 거제도에 갔을 때 낚시꾼 사내가 갓 잡은 물고기를 회를 치는 것을 본 적이 있었다. 살은 말끔히 발라내고 머리와 꼬리와 뼈만 남은 것을 사내는 바위 밑 바닷물에 휙 던져버렸다. 거기까지는 나는 그저 그러려니 하고 재미있게 보았었다. 그와 함께 나는 내 눈을 의심했다. 그 뼈만 남은 물고기가

64

"Bat."

"Butterfly."

"Pelvis."

"Undersea."

"Temple"

I tried hard to express my feelings about each picture as truthfully as possible. Even though there were no right answers or, rather, because there were no right answers, the task was that much more difficult. If there were right answers, I could just say I didn't know. For the first time in my life, I realized how difficult it was to express my opinions. After each of my answers, the doctor never failed to write something down in his chart. Watching him writing, I was overwhelmed by a nasty feeling that he knew more than I did about the secrets of my existence. It was a horrible experience.

While drawing pictures and talking about my ideas, I felt as if I were a fish being sliced up alive to bare its bones. Once I went to Geoje Island and saw a fly-fisher slice up a fish he had just caught. After meticulously cutting out all the flesh, he flung the fish stripped to its bones, head and tail into the

꼬리지느러미만을 부지런히 양옆으로 움직여 저쪽 물 가운데로 도망쳐 가는 것이었다. 그제서야 낚시꾼 사내도 어 저놈 봐라 하면서, 허허허 어이없는 웃음을 내게로 날렸다. 나는 마지못해 따라 웃기는 했던 것 같다. 그러나 그것은 기어코 내가 못 볼 것을 보았구나 하고 낙담하고 있는 모습을 그에게 보이기 싫어서 웃어준 웃음이었다.

그 뒤로 나는 전혀 관계없는 장면에서도 종종 그 물고기의 물골이 떠오르곤 했다. 그림들과 씨름하며 심리 검사를 마치고 나오면서도 나는 어느 결에 그 물고기의 몰골을 머리에 떠올리고 있는 나를 발견하고 여간 씁쓸하지 않았다.

그놈의 이상한 검사라는 것들 말고도 물리적인 검사도 거의 매일 계속되는 판이니 죽을 짓이었다. 간기능 검사나 혈당치 검사 따위로 수시로 피를 뽑고 오줌을 받는 것은 그렇다 하더라도 위내시경 검사다 심전도 검사다 뇌파 검사다 무슨 초음파 검사다 해서 목구멍 마취제를 먹이질 않나 가슴과 배에 미끈거리는 약을 바르질 않나 머리통에 온통 석고를 바르질 않나 그야말로 영일 없는 나날이었다. 그러나 일단 폐쇄 병동에 들어온 이상, 그 들어온 이유가 무엇이든지간에, 시키는 대로 고분고분하게 따르지

water under the boulder he was standing on. I enjoyed watching the whole process until the fisherman and I saw an unbelievable thing happen right before our very eyes. The fish, reduced to its bones, swam away, madly flapping its tail fin as it went.

"Look at that!" yelled the fisherman before he turned around to look at me with an utterly dumbfounded chuckle. I laughed reluctantly, but only to not embarrass the fisherman. Deep down, however, I laughed because I hated to show him how terrible I felt, having seen something I would rather not have.

Since then, the image of that wretched fish has haunted me in even completely unrelated situations. After I left the room following the Psychological Test, which I had struggling with mightily because of the pictures, I found myself reminded once more of the grotesque sight of that fish. Then I felt extremely bitter.

In addition to the absurd tests mentioned above, I was also tormented almost everyday by the physical tests. I accepted the necessity of the regular blood and urine tests to check the levels of my liver functions and my blood sugar levels. However, what really tried my patience were the other tests, the

않으면 안 된다는 것을 나는 너무도 잘 터득하고 있었다. 이런 점에서 나는 나 자신의 적응력을 어느 정도 신뢰하는 편이고, 그리하여 지난 세월 그 숱한 우여곡절의 줄타기를 잘도 견디어냈다고 자부하고 있기도 한 것이다. 폐쇄 병동에서 고분고분하지 않고 자존심이니 뭐니 하는 것을 앞세워 뻗대다가는 자신에게 해만 돌아올 뿐이었다.

언젠가 들어온 지 얼마 되지 않는 청년이 의사 면담실에서 의사에게 그만 대들었다가 어디서 어느 틈에 나타났는지 눈 깜짝할 사이에 나타난 청원경찰들에 의해 침대에 쇠사슬로 결박당하는 것을 본 적도 있었다. 사지를 결박당해 씩씩거리며, 그러나 번듯이 눕혀진 청년에게 의사가 주사 한 대를 놓자, 청년은 곧 죽은 듯이 널브러지고 말았다. 휴전선 가까운 마을에서 농사를 짓는다고 한 청년은 틈만 나면 내게 말을 붙이곤 했었다. 그가 내게 던진 물음 가운데 지금도 아리송한 것은 〈성철 스님의 ㅇ에는 뭐라고 대답해야 하느냐?〉 하는 것이었다. 그는 동그라미를 허공에 그리며 그렇게 묻고는 〈ㅡ+=ㅇ인가〉 하고 스스로 손바닥에 써 보이기도 했었다. 조계종 종정 성철 스님이 붓으로 그린 커다란 동그라미는 어느 책 속에 보너스로 한 장씩 별도 인쇄되어 끼워져 있는 것을 나도 본 적

gastric endoscopy, the electro-cardiogram, the electroencephalogram, ultrasound imaging, and so on. In these tests I was either fed throat anesthetic or had my chest and abdomen smeared with slippery paste or I had my head covered in plaster. Not a single day passed peacefully. Nevertheless, I was well aware of the fact that once inside a closed ward for one reason or another, I had no choice but to do what I was told to. In this regard, I trusted my ability to adapt and even took pride in my having survived so many ups and downs in the past. I knew that refusing to comply just for the sake of things like pride would only put me under greater disadvantage.

I once saw a young man, a newcomer to the ward, turn on the doctor in the consulting room. He was immediately pinned and chained to the bed by security guards. Sprawled on the bed, his limbs bound, the young patient panted angrily. However, as soon as the doctor gave him a shot, he became silent and limp as if he were dead. The young man, who introduced himself as a farmer from a village near the Truce Line, used to speak to me whenever he had a chance. One of the questions he threw at me is still hard to answer.

이 있었다. 그것은 아마도 불교의 원융(圓融)사상을 나타내는 게 아니겠느냐고 하려다가 그렇게 한마디로 말할 수 있는 것인지 어떤지 자신이 없어서 나는 아무 대답도 하지 못했었다. 다행히 그는 내 대답을 기다리지 않고, 북두칠성의 한 별이 녹색을 띠고 떨어졌다느니, 마누라가 용 따라서 범띠인 자기를 잡아먹었다느니, 생각만 해도 뼈까지 떨리지만 용의 여의주를 자기가 먹어서 견딘다느니, 정주영이 나라를 맡아야 한다느니 하다가는 내가 왜 이렇게 됐는지 모르겠다는 싱거운 말로 일방적인 대화를 끝마쳤다. 의사에게 덤벼들어 침대에 결박당한 일이 있기는 해도 그는 결국 온순한 청년이었다.

비록 폐쇄 병동에 들어와 있을지언정 그 사람들은 내게는 하나같이 온순한 사람으로 보였다. 의사에게 직접적으로 덤벼들지는 않더라도 가끔 투정을 하는 환자가 있기는 했으나 대부분 자기 자신과 묵묵히 싸워가고 있는 사람들이었다. 거기에는 각양각색의 사람들이 있었다. 하루에도 몇 번씩 집에 가겠다고 눈물을 흘리는 여자, 투약 시간마다 약을 바꿔달라고 떼를 쓰는 여자, 늘 천장을 향해 목을 뒤로 꺾고 걷는 남자, 어두워지기 시작하면 복도를 밤새도록 쉬지 않고 바삐 오가는 남자, 만만한 사람만 부딪치

"What's the meaning of the circle drawn by Reverend Seong-cheol?" he asked, drawing a circle in the air with his finger. Then he muttered, "Could it be 'minus-plus-equals-zero'?" writing $- + = 0$ on his palm. I had seen the big circle drawn in a brush stroke by Reverend Seong-cheol, the Jogye Order's supreme patriarch, inserted in a book as a bonus page. I was going to say, "It probably represents the Buddhist principle of wonyung, doctrinal unification of the Buddhist orders," but decided not to since I wasn't sure if the significance of the circle was something that could be summarized in a few words like that.

Fortunately, without waiting for my answer, he had started to ramble. For example, one of the stars of the Big Dipper had fallen shining green; his wife, born in the year of dragon had devoured him, born in the year of tiger; just thinking about it made him tremble all over, but he managed to hang on thanks to the dragon's magic pearl he had swallowed; Chung Chu-yung should take charge of our country, and so forth.

He ended this one-way conversation with the silly statement, "I don't know what's made me like this." Despite his pouncing on the doctor that had got

면 〈딱 한 번만〉이라고 전제하고는 자기 물건에 손을 안 댔느냐고 묻고 묻고 또 묻고 하기를 끝없이 되풀이하는 남자, 복도 끝 자기 병실 앞에 가서는 꼭 발뒤꿈치를 검사하듯 들여다보는 남자, 가끔씩 웃옷을 홀랑 벗고 나뒹구는 여자 등등, 모두들 나름대로 심각한 증세를 내보이고 있었다. 그런 사람들 사이에서, 교통사고로 다친 뒤 점점 팔다리의 마비 증세가 심해지고 기억상실증이 와서 보험회사 감정 때문에 들어왔다는 전직 여교사는 쉬는 시간마다 중국 무술인 우슈 시범을 하고 있었다. 그녀는 무협영화 중에 〈황비홍〉이 최고이며 진짜라고 평하기도 하면서 어디서든 큰소리가 나면 자동차 급정거 소리가 들린다고 했다. 그때 사고가 어찌나 끔찍했는지 사람 골이 깨져서 우유처럼 흘러내린 것도 봤다니까요.

갑자기 내 문장 완성 검사지 앞에 나타난 그녀로 인하여 이야기는 엉뚱한 곳으로 흐르고 말았다. 그렇다. 나는 그녀를 보고 있었다. 그녀는 내가 그림을 그리고 있지 않은 것을 알고서도 그림을 그리고 있는 줄 알았다는 투로 말했었다. 그리고 다시 돌아서 나갈 생각을 않는 걸 보면 낌새가 이상했다. 그제서야 나는 그녀가 내게 무슨 말인가 하려고 일부러 찾아왔음을 눈치 챘다.

him strapped down to the bed, he was a gentle young man in the end.

Although they were patients in a closed ward, every one of them seemed a gentle soul to me. It's true that every now and then, there was some patient who confronted the doctor with complaints, though never in a direct attack. However, most of them were just silently engaged in battle with themselves. I saw a wide range of people there: a woman who burst into tears several times a day requesting to be sent back home. A woman who demanded to have her medication changed every day. A man who always walked looking up at the ceiling with his head tilted far back. A man who paced back and forth in the corridor at dusk and continued to do so through the night. A man who asked—even after promising that he would stop—the same question over and over to any easy-looking bystander: had he or she had touched his belongings? A man who was compelled to examine his heels whenever he was in front of his room at the end of the corridor. A woman who would go around naked from the waist up and crawl around on the floor.

They all displayed some serious symptoms.

「전 그림 공부를 했어요. 비테브스크를 아시나요?」

그녀는 드디어 말했다. 특수한 공동체에 같이 생활하고 있다는 소속감이랄까, 그곳 사람들의 대화는 애초에 직설적이었다. 그녀가 그림 공부를 했다는 것은 그림 그리기 시간에 이미 충분히 감지했었다. 그런데 비테……는 무엇일까?

「그게 뭔데요?」

나는 물었다. 그리고 그 전 어느 때보다도 그녀의 얼굴을 자세히 쳐다볼 수 있었다. 화장품과 손거울까지 위험물로서 소지할 수 없는 그곳에서 그녀의 얼굴은 이상하리만큼 맑게 빛났다. 지금 이렇게 표현하는 그 얼굴이 꽤 특수한 것임을 알아주기 바란다. 실은 손거울은 몰라도 화장품 같은 것을 앞세워 말한 것부터가 경우에 맞지 않는다. 화장품을 쓰지 않을 때 여자의 얼굴은 더욱 맑게 빛날 수 있기 때문이다. 그러나 그때 그녀의 그 얼굴은 순간적으로 마치 세속을 떠난 얼굴 그것처럼 보였다고 나는 말하고 싶은 것이다. 그녀는 내가 그녀의 말을 못 알아듣는 것이 안타깝다는 듯한 표정을 지었다.

「비테브스크는 샤갈의 고향이에요. 샤갈의 연인들은 하늘을 날아가지요.」

Among all of them, I still remember one woman quite vividly. This former teacher came to the ward for a psychological assessment. It was conducted for an insurance company to measure the progressive paralysis in her limbs and her amnesia that developed after she was injured in a car accident. At every recess, she would demonstrate Yu-shu, a school of Chinese marshal arts. She considered *Wong Fei-hung* to be the best and most authentic among the marshal arts movies. According to her, whenever there was any loud noise, she could hear a car brakes slamming. "The accident was truly horrendous. I even saw a man's brains flowing out like milk from his cracked skull."

The painter woman's sudden appearance in the room where I was taking the Sentence Completion Test had made me digress. Yes, I was staring at her. She knew that I wasn't drawing, and yet she had chosen her words to give me the impression that she thought I was. Moreover, she seemed to have no intention of leaving the room any time soon. Only then did I notice that she came to the room to tell me something.

"I've studied painting," she said. "Have you ever heard of Vitebsk?"

나는 샤갈이 러시아 태생으로 프랑스에서 활동한 화가라고만 알고 있을 뿐 그의 고향까지는 모르고 있었다. 그리고 그녀의 말을 들으면서 그 화가가 그런 그림을 그렸다는 것만 알면 되었지 그 고향까지 알 필요야 없지 않을까 하는 생각이 일었다.

「고향까지야 알 수 없지요.」

나는 무덤덤히 말했다.

「그게 아니에요. 비테브스크를 모른다면 샤갈을 모르는 거예요. 하늘을 날아다니는 연인들은 바로 비테브스크의 하늘을 날아다니는 거라고 되어 있으니까요. 비테브스크 하늘 위에 벗은 여자도 있어요. 제목부터가 그래요.」

「아.」

「비테브스크는 폴란드 국경 쪽 러시아 마을이에요.」

「아.」

나는 나도 모르게 두 번씩이나 〈아〉 하고 감탄사를 연발하고 있었다. 그러고 나서도 그녀의 입에서 무슨 말이라도 또 나오면 어김없이 〈아아〉 하고 입이 열릴 것만 같았다. 그러나 그것은 정확히 말해 샤갈, 마르크 샤갈이라는 이름의 화가 때문이 아니었다. 그가 비테브스크에서 태어났건 비프스테이크를 잘 먹었건 그것이 문제가 아니었다.

She had finally begun talking again. Perhaps, because of some sense of belonging many people in the ward had, they tended to be straightforward in the way they began conversations. I had already gleamed from our painting sessions that she had studied painting. I wondered, though, "what was this Vite—whatever?"

"What's that?" I asked.

I was able to look at her face more closely than I had ever done before. In the closed ward cosmetics and hand mirrors were banned. But her face glowed unusually bright. I hope you understand here that I'm describing an extraordinary face. Mentioning about cosmetics and hand mirrors might be distracting, though. What I really mean to say is that the woman's naked face briefly gave the impression that she didn't belong to this ordinary world. She looked frustrated by my inability to understand her question.

"Vitebsk is Chagall's hometown. The lovers in Chagall's paintings fly in the sky."

I knew that Chagall is a painter who was born in Russia and active in France; but I didn't know where his hometown was. I didn't mind learning about the painter's works; but I wondered if it was

요컨대 그렇게 말하고 있는, 내 앞에 있는 여자 때문에 나는 그런 것이었다. 그녀의 말뜻은 충분히 알아들을 수 있었다. 샤갈이 그림 제목 자체에 고향 이름을 달고 있으니 그의 그림을 본 사람이라면 고향 이름을 알고 있게 마련이라는 것이리라. 그런 점에서 내 무식은 드러났다. 그러나 그런 정도의 무식이 들통 나서 쩔쩔맬 내가 아니었다. 그런 점에서라면 샤갈이든 사갈(蛇蝎)이든 내게는 아무런 상관이 없어도 좋았다. 그런데 그녀의 말투가 역시 얼굴처럼 맑게 빛난다는 느낌이 나를 엄습했던 것이다. 그래서 나는 놀라지 않을 수 없었던 것이다. 그것은 확실히 엄습이었다. 여기서 〈맑게 빛난다〉는 데 대하여 다시 설명하지 않으면 안 된다. 폐쇄 병동의 사람들은 모두 얼굴이 얼마만큼은 흐려져 있다. 어딘가 어두운 그림자가 깃들어 있게 마련이었다. 조울증 환자들이 조증이 되어 웃을 때 그 어둠이 걷히지 않느냐고 할지 모르나 그것은 모르는 소리인 것이다. 그들은 조증으로 가벼울 때나 울증으로 한껏 무거울 때나 그 얼굴 뒤에 어두운 그림자의 광배를 운명처럼 갖고 있는 것이다. 그런데, 그런데 그녀는, 그때 내 앞에서 샤갈을 말하고 있는 그녀는 달랐다. 비록 샤갈이 그린 여자처럼 입술을 붉게 칠하지 않았고 옷차림도

really necessary to know the painter's hometown.

"I don't know the details of his hometown." I said indifferently.

"That's not what I meant. If you don't know Vitebsk, that means you don't know anything about Chagall," she said. "The sky the lovers fly in is the sky over Vitebsk. There's even a naked woman flying in the sky over Vitebsk. The title says so."

"Ah!"

"Vitebsk is a Russian village near the Polish border."

"Ah!"

Unconsciously, I had repeated the interjection "Ah!" twice. Even after realizing it, I felt that I wouldn't be able to stop saying "Ah!" whenever she said anything. Don't get me wrong, though; it wasn't because of anything related to Marc Chagall. It didn't matter if he was born in Vitebsk or if he loved eating beefsteak or whatever. What mattered was the woman who was talking about Chagall right there in front of me.

I understood her point well enough: Chagall had named his painting after his hometown. So whoever saw it was bound to know the name of his hometown too. I admit that she had exposed my igno-

푸른 줄이 죽죽 쳐진 환자복일 따름이었어도 그녀는 충분히 아름다웠다.

「샤갈의 그림에서는 닭이나 염소가 날아다니기도 해요. 여자와 남자도 새처럼 날아다니고 있지요.」

그녀는 또록또록 말했다. 그토록 또록또록한 목소리는 실로 오랜만에 듣는다 싶었다. 샤갈의 그 그림을 본 적은 없었다. 그렇지만 나는 사람이 새가 되어 날아간다는 고전적인 이미지를 미리에 떠올렸다. 동서양을 막론하고 그것은 인류의 공통된 꿈이었던 것이다. 인간이 하늘을 날아오를 수 있다는 것, 그것은 이상의 현실화이기도 했다.

「난 샤갈을 잘 모르는데.」

「그런데 왜 새가 하늘을 날아가는 게 이상하다는 거죠?」

나는 무슨 동문서답인가 하다가 퍼뜩 깨달았다. 그녀는 지금 지난번 그림 그리기 시간에서의 내 말을 추궁하고 있는 게 아닌가 말이다. 나는 기러기나 고니 같은 커다란 새가 어떻게 하늘을 날아다니는지 궁금하다고 말했던 것 같았다. 그렇게 말했다는 것은 틀림없었다.

「아니…… 그게 아니라……」

나는 도리 없이 더듬거렸다. 내가 그녀의 그림을 두고

rance. However, this much embarrassment wouldn't shake me in the least. It didn't make much of a difference if his name was Chagall or Sagal (snakes and scorpions). The important thing was, her manner of speech, as bright as her face, had snuck up on me and swept me over. I couldn't help being bowled over. It was definitely a kind of surprise attack.

Here, I need to clarify my use of the phrase "as bright as her face." The faces of the patients in the closed ward were clouded to a certain extent; I mean there were shadows cast over all of their faces. Some might protest, pointing out that a manic-depressive's face would brighten up when he is in his manic phase. However, this isn't true. Whether or not he was in his manic or depressive state, the manic-depressive always carries with him a shadowy halo behind his head, like it was his destiny. However, the woman who was talking about Chagall right in front of me was different. Even though her lips weren't painted red like the women in one of Chagall's paintings and her clothes were the blue-striped robes of a patient in this closed ward, she was very beautiful.

"In one of Chagall's paintings, chickens and goats

말한 것이 아니라는 변명도 소용이 없었다. 그녀는 지금 고전적인 이상을 말하고 있음을 나는 알았다. 새처럼 하늘을 날 수 있다면 하고 그 누가 한 번쯤 꿈꾸지 않았으랴만, 그리고 폐쇄 병동의 사람들치고 그것이 더더욱 절실하지 않은 이 그 누구랴만, 그녀는 지금 너무도 절실히 그 꿈에 젖어 있다. 내가 어떻게 그리 빨리 그녀의 마음을 읽을 수 있었는지는 나는 모른다. 그녀의 어디에 날개에의 의지를 엿볼 수 있는 단서라도 있었던 것일까.

날개. 그것은 비상이라는 추상명사였다. 지난 세월 동안 나도 종종 이 세상에서 잠깐만이라도 날아올라 떠날 수 있다면 얼마나 좋을까 머리를 쥐어뜯곤 했었다. 내 비밀 일기장에 옛 사랑의 이름과 함께 적어놓았던 구절은 〈예토(穢土)에서 정토(淨土)로〉였지만 그 방법론은 단연코 날개였던 것이다. 나는 그 진부함에 스스로 메스꺼웠다. 그런데 폐쇄 병동에서 웬 여자가 당당히 날개를 그리고 있다.

「샤갈을 좋아한 건 아니에요. 그렇지만 하늘을 자유롭게 날아다니는 사람들은 좋아요. 프랑스와 러시아의 하늘을 다 말이에요.」

「프랑스와 러시아의 하늘……」

fly through the air. Women and men are also flying around like birds."

She pronounced each word in a clear, ringing voice. I hadn't heard someone this articulate in a very long while. Although I had never seen that particular painting, I was able to conjure up a classical image of a human turning into a bird and flying away. In both the east and the west, that has always been a common dream. Thus, when a human flew in the sky for the first time it was a dream come true.

"I don't know Chagall that well," I said.

"What's so strange about a bird flying across the sky?"

At first, I thought she was just saying something preposterous, but the next moment, I realized she was just pressing me to explain the remark I had made in our last painting session. I managed to remember wondering out loud how such a big bird like a goose or swan could fly. I certainly had uttered those words.

"I meant to say—"

I stammered, not knowing what more to say. It would sound like a lame excuse to say that I wasn't talking about her painting. Something in my heart

「그렇죠. 러시아에 가고 싶어요. 얼마 전부터 그렇게 가고 싶은 걸요. 여기서 나가면 꼭 갈 거예요.」

그녀는 눈빛을 빛냈다. 이제 러시아로 가는 것은 다른 나라에 가는 것과 똑같은 여행이 되었으니 그녀의 꿈이 불가능한 것은 아니었다. 다만 그녀가 언제, 어떻게 폐쇄 병동을 나갈 수 있느냐 하는 것이 열쇠일 것이었다.

그날의 만남은 그 대화를 마지막으로 끝났다. 오후의 투약 시간이 되어 간호사가 방방이 돌아다니고 있었던 것이다. 나는 약을 받아먹으면서 그녀가 나를 찾아온 까닭을 더욱 확실히 깨달을 수 있었다. 그녀는 결코 샤갈이라는 화가를 말하려고 온 것이 아니었다. 그렇다면, 새 혹은 날개? 그렇다. 그녀는 비상을 꿈꾸는 자기 자신을 확인하기 위해 나를 찾은 것이었다. 내가 그녀의 새를 향해 몇 마디 지껄인 것이 그나마 빌미가 되어 내게 답답한 마음을 하소연하러 찾은 것이었다. 갇힌 사람은 작은 틈서리에서도 출구를 발견하려 한다.

나는 병실에 돌아와 침대에 누워서도 그녀에 대해 관심이 쏠렸다. 그런 곳에 들어와서도 맑게 빛나는 얼굴을 가질 수 있다는 게 믿기지 않았다. 병실 밖에는 잘 나오지도 않으므로 그런 긴 시간을 그녀는 오히려 흐린 얼굴을 베

told me that she was talking about the classical ideal. If humans have always dreamed of being able to fly like a bird, and if the dream of flying is all the more intense on the part of the patients in closed wards, she was much too desperately absorbed in the dream at the time. I don't know how I was able to ferret out what was in her heart so quickly. Were there some clues to her desire for wings that I was able to detect?

Wings. To me, it was an abstract noun representing soaring. In the past, I had often torn at my hair wishing to fly away from this world, even if just for a brief moment. In my secret diary, along with the name of my old lover, I had written the phrase, "from the earthly to the pure land," and in my heart, the means of travel has always been wings. At the same time, I'd grown disgusted by the banality of wings. However, this woman in this closed ward was drawing wings unabashedly, with absolutely no squeamishness whatsoever.

"Not that I like Chagall. But I like the people flying free through the skies. Both French and Russian skies, I mean."

"French and Russian skies..."

"That's right. I want to go to Russia. I've been

개에 묻고 있으리라는 상상도 머리를 스쳤다. 그곳에 갇힌 사람은 누구나 지금 당장 나가고 싶어 안달을 하게 마련이었다. 그런 염원으로 그녀가 새를 그렸다면 그것은 지극히 간단한 비밀의 표현이리라. 하지만 나는 자꾸만 그녀의 새와 더불어 그 염원의 맑은 얼굴이 망막에 어리는 것이었다.

도대체 그다지도 또록또록 견해를 밝힐 줄 아는 여자가 왜 병원에 들어왔느냐는 의문이 나를 사로잡고 놓아주지를 않았다. 그곳에 들어와 있는 사람들이라고는 말투가 다 흐리멍덩하고 횡설수설하리라고 여기는 것부터가 틀린 일이기는 했다. 그런 점에서는 오히려 생각이 뚜렷한 면들이 많은 편이라 할 것이다. 다만 어느 순간 무너지면 그만 이성이 흐려지고 말투가 격해지는 게 눈에 띄게 드러날 뿐이다. 그러니까 흔히 말하듯 정상인이라고 하는 사람과 비정상인이라고 하는 사람은 약간의 정도의 차이에서 갈라놓는 편법이라고도 할 수 있었다. 나는 그녀의 증세가 궁금하여 당장 누군가라도 붙잡고 꼬치꼬치 캐묻고 싶었다. 병동에는 외형상으로 보아 각양각색의 사람들이 들어와 있다고 미리 말했지만, 그 내밀한 병력은 의사만이 알 것이었다. 외국 유학에 적응 못 해서 발병하여 들

wanting to go there for some time now. I'm determined to as soon as I get out of this place."

Her eyes shone. It was not an impossible dream now that traveling to Russia was as easy as traveling to any other countries. The only problem was when and how she would be able to leave this ward.

On that note, my meeting with her that day came to an end when the nurses started making the rounds for the afternoon medication. While taking my medicine, I came to a much clearer understanding of the purpose of her visit. It was by no means to talk about Chagall. If not Chagall, then birds? Or wings? That's it! She came to see me to find affirmation—to find affirmation and talk about her dreams of soaring. My silly remark about her bird provided her with the pretext for visiting me. She had come to me in search of a sympathetic ear to her voicing her frustration. Captives are always on the lookout for an exit, even in a tiny crevice.

Back in my room, I lay down on my bed with my mind filled with the thoughts of her. I couldn't believe that she had such a bright face in a place like that. Since she rarely came out of her room, I suspected that she spent long, long hours lying on her bed with her face buried in the pillow. Any

어왔다는 여자도 있었고, 결혼생활에 적응 못 해서 들어왔다는 여자도 있었다. 도무지 알 수 없이 골만 아파서 들어왔다는 남자도 있었고, 집에서 나오고 싶은데 간섭이 심한 결과 이상하게 되어 들어왔다는 소년도 있었다. 누군가가 늘 괴롭히기 때문에, 환상이 보이기 때문에 들어왔다는 사람도 있었다. 거기에 팔자 좋게 얼마 동안 쉬어야 한다기에 들어왔다고 슬쩍 눙치는 여자도 있었다. 농사꾼 청년도 있었고 우슈의 그 여자도 있었다. 그러나 모든 전말의 알맹이는 보다 더 원천적인 어떤 것 속에 숨어 있으리라는 게 내 생각이었다. 아무도 그 생명의 비밀을 알 수 없는 한 〈왜?〉라는 의문은 헛된 것일지 몰랐다. 어쩌면 그 비밀을 알기 위해서는 개개인 사람들의 유전자 속에 들어 있는 인자, 그 아버지의 아버지의 아버지의 아버지의 아버지…… 그리하여 저 태초의 생명까지 거슬러 올라가지 않으면 안 된다고 나는 막막히 괴로워하기도 했다. 그리하여 나는 생명이란…… 비밀이다…… 하고 깨달음 아닌 깨달음에 공연히 소스라쳐 놀라곤 했던 것이다. 그럴 때면 나는 지난 세월의 추억에서 아름다운 무엇을 찾아보려고 일부러 머리를 딴 데로 쓰려고 노력하기도 했으나 헛된 노릇이었다. 떠나간 여자들도, 친한 친구들도

patient locked up in the ward was bound to be anxious to leave. If that was why she had painted the bird, one could understand it as a simple expression of her secret desire to be free. Nevertheless, I couldn't erase the images of her bird and her bright, yearning face from my mind.

I became obsessed with the mystery of her problem: What on earth was a woman like her, who was not shy at all about articulating her opinions, doing in the closed ward? Of course, it would be wrong to say that everyone in the ward was inarticulate, speaking only gibberish. As a matter of fact, I have to admit that many of the patients here tended to possess clear ideas and opinions. The only thing was that there were moments when their senses of reason would fade and their words would run high. In this light, it may well be sort of an expedient to separate the abnormal from the normal based on a slight degrees of difference.

I was so curious to know about the nature of her condition that I was ready to grab anyone and turn my curiosity loose on them. I've already mentioned earlier that the ward houses people coming from all walks of life and suffering from all kinds of conditions. Nevertheless, each patient's intimate clinical

〈생명…… 비밀……〉이라는 무서운 암호 앞에서 모두 외로운 박제였다.

어쨌든 그로부터 그녀가 어떤 중세로 들어오게 되었는지 알아내는 것이 내게는 가장 큰 과제가 되었다. 틈만 나면 중앙 홀의 소파에 나와 앉아 소일하는 사람들은 왜 들어왔는지 묻지 않아도 알게 되어 있었다. 그들 중에는 스스로를 〈미쳤다〉고 거리낌 없이 이야기하는 축들도 있었다. 폐쇄 병동 사람들을 나누는 2분법이 있다면 그것은 남자와 여자로 나누는 것과, 자신을 미쳤다고 하는 사람과 안 미쳤다고 하는 사람으로 나누는 것 두 가지일 것이다.

그녀는 왜 이곳에 들어왔을까?

나는 그녀를 내심 〈샤갈의 연인〉이라고 제법 멋 부려 부르기로 하고 있었는데, 결국 의사나 간호사를 통해 직접적으로 알아보는 수밖에 없다는 결론을 내렸다. 그렇다고 해서 무작정 찾아가서 물어볼 계제는 아니었다. 내가 그녀에게 특별한 관심을 기울이고 있다고 인식되는 것은 안 될 일이었다. 내 관심이 특별한 관심이라고 할 만한 것인지조차 나는 알 수 없었다. 남자가 여자에게 갖는 특별한 관심이라는 그런 종류와는 다른 관심이라는 방패막이도 가져보았다. 나는 간호사가 들어와 이것저것 물어볼 시간

history was known only to the doctors. One woman began to have her symptoms while struggling to adapt to her studies abroad. Another woman couldn't adapt to her married life. A man suffered from a continuous headache for unknown reasons. A boy couldn't deal with excessive parental meddling when he tried to leave home. There was also a victim of hallucinations. He was constantly tormented by someone. A woman claimed to have been told, "luckily," to take a rest for a while. There was the aforementioned young farmer. And of course, the wu'shu woman.

However, I believe the key to their mysteries lies hidden in something more primeval. If no one knows the secrets of life, then the question "why" seems meaningless. To solve a patient's condition, perhaps it was necessary to trace his genetic factors back to his father, to his grandfather, to his great-grandfather, all the way to time immemorial. Confronted with this colossal undertaking, I felt totally helpless. I couldn't help coming to the same conclusion that "life was a mystery." And each time, the awakening message in this clich? would take me by surprise. On those occasions, I tried to redirect my attention to the past and look for beautiful

을 면밀히 기다렸다. 그러나 기회는 쉽사리 오지 않았다. 나는 본래 학생 시절부터 관심 있는 여자에게 일부러 딴청을 부리다가 기회를 놓치는 데는 뭐가 있었다. 폐쇄 병동 사람들은 의사 표현에 직설적이라는 말을 앞에서 했었다. 한 여자가 새로 들어왔는데 그는 다짜고짜 휴전선 농사꾼 청년에게 노골적으로 달라붙고 있었다. 한번은 청년이 병실로 들어가 보니 그녀가 웃통을 벗은 채 자기 침대에 누워 있더라는 것이었다. 청년은 씩씩거리며 뛰쳐나왔었다. 하지만 여자는 아무런 부끄러움이 없었다. 그러면서 청년이 자기의 첫사랑 남자와 닮았다고 기회만 있으면 옆자리에 붙어 앉아 막무가내로 몸을 기대곤 했다.

그녀는 여전히 병실에서 두문불출이었다. 마침 크리스마스가 다가와 병동 안은 여러 가지 장식으로 울긋불긋해지고 뭔가 부산스러운 분위기였는데도 그녀는 꼼짝 않고 있었다. 중앙 홀의 천장과 벽에는 노랗고 파란 종이술이 요란하게 매달리고 벽 쪽으로는 초록색 나무와 고동색 나무와 베이지색 나무 위에 솜눈이 소복소복 내려 쌓였다. 벽면은 하늘로 변해 동그랗고 탐스러운 솜눈송이가 가득 날리고 있었고 깜박이는 전구의 별이 여기저기 박혀 있었다. 그 하늘 아래 분홍 목도리를 두르고 흰 모자를 쓴 소

memories in it, all to no avail. The women who had left me, and my close friends—they all seemed like lonely stuffed animals in the face of the dreadful code words, "life" and "mystery."

Anyway, from then on, my biggest task was to find out why she had been hospitalized in this ward. It was easy to find out, even without asking, why those who spent all of their free time sitting on the sofa in the Central Hall were in the closed ward. Some didn't even hesitate to call themselves crazy. There were two ways to divide the patients in the closed ward. One was, of course, by gender, and the other between those who called themselves crazy and those who didn't.

So why, then, was she there?

In the end, I concluded that the best way to find out more about the woman, whom I'd decided to give a chic name "Chagall's woman," would be to ask the doctors or nurses themselves. Still, I wasn't in a position to go around and ask them the question point-blank. Above all, I shouldn't be perceived as a person paying a special attention to her. I wasn't sure, though, if my attention could even be considered special. I tried to shield myself by thinking my interest in her was not the same as the typi-

년이 유난히 동그란 두 눈을 뜨고 이쪽을 쳐다보고 있었다. 그녀가 샤갈을 이야기한 뒤 며칠을 지나 〈한국자원봉사연구실〉이라는 단체에서 주관한 〈사랑의 노래, 마음의 노래〉 시간에도 그녀는 모습을 나타내지 않았다. 모처럼 젊은 남녀들이 바깥에서 들어와 떠들썩하게 노래와 함께 오락을 벌이는 그 자리는 간호사의 등쌀에 못 이겨서라도 참석할 수밖에 없는 노릇이었는데 말이다.

사랑해, 당신을, 정말로 사랑해.
당신이 내 곁을 떠나간 뒤로
얼마나 눈물을 흘렸는지 모른다오.
예예예예예예예예예예예예……

젊은 남녀들과 간호사들과 환자들은 소리 높여 노래했다. 워낙 노래에는 소질과 관심이 없는지라 생전 처음 들어보는 노래도 적지 않았다. 〈36년 동안을 땅에 숨어서 이 날만 기다리던 우리 태극기〉를 마지막으로 〈사랑의 노래, 마음의 노래〉 시간이 끝나고 나는 다시 작업 요법실로 가서 심리 검사를 계속해야 했다. 이번에는 도형 맞추기가 주된 과제였다. 상자갑에서 꺼내놓은 여러 개의 나무 조

cal male interest. I patiently waited for one of the nurses to come around to ask routine housekeeping questions. However, the opportunity didn't come easily.

Even in my school days, I was apt to lose my chance to approach the women I was interested in, wasting time beating around the bush. I've mentioned earlier that the patients in the closed ward tended to express their opinions and feelings directly. Once a new woman came to the ward. Upon arriving, she began to show, without reservation, her keen interest in the Truce Line young farmer. One day, the young man ran out of his room huffing angrily. According to him, the woman was in his bed naked from the waist up when he entered. However, the woman didn't even show a hint of shame herself; rather, she seemed determined to never miss a chance to sit right next to him, to press her body up against the young man, saying that he looked like her first love.

Time passed and Christmas came around. Chagall's Woman was cooped up in her room as usual. Despite the colorful decorations and bustling atmosphere in the ward, she stayed put in her room. From the ceiling and walls of the Central Hall

각들을 이리저리 잘 맞추자 여자의 얼굴이 되었고, 다른 상자갑의 것은 사람의 손, 또 다른 상자갑의 것은 코끼리가 되었다. 이런 것들을 얼마나 빨리 끝내느냐에 따라 점수가 매겨지는 모양이었다. 끝없이 계속되는 그런 검사에 질려서 어디 도망이라도 치고 싶은 심정이 된 것도 오래전이었다. 그녀가 새를 그린 까닭을 백 번 이해할 수 있을 것 같았다. 새니 비상이니 하는 따위 진부하기 짝이 없는 상징이 새삼스럽게 감동으로 밀려와 가슴이 꽉 메어지는 것을 나는 어쩌지 못했다. 어떻게든 조금은 다른 인간이 되어보려고 발버둥을 치며 살아왔건만 모두 다 부질없는 짓거리에 지나지 않는다는 회한에 더욱 가슴이 아팠다. 결정적인 외로움의 위기 앞에서는 진부한 외마디 신파가 오히려 구제가 된다고 항복해야 된단 말인가.

「저…… 말입니다……」

꺼내놓았던 상자갑들을 가방 속에 다시 집어넣고 있는 의사에게 나는 신음처럼 말을 꺼냈다. 나 스스로도 납득할 수 있는 일이었다. 나는 지금 〈샤갈의 연인〉 그녀에 대해 묻고 있는 것이었다. 자연스레 마주치는 간호사에게 슬쩍 지나가는 말처럼 묻고자 나는 조마조마 망설여 왔다. 그럼에도 불구하고 나는 그만 엉뚱한 자리에서 입을

hung gaudy yellow and blue tassels. Green, brown, and beige trees stood near the walls with their branches covered with thick layers of white cotton snow. The walls had been turned into a sky filled with fluffy snowflakes drifting down and dotted with flickering stars made of light bulbs. Under the sky, a boy with particularly round eyes was looking out at the wall in his pink muffler and white hat.

A few days after our conversation about Chagall, there was a program called "Songs of Love, Songs of the Heart" organized by the Korean Volunteers Research Center. She didn't show up even there, which must have been really difficult because of the constant urging of the nurses. It was a rare festive occasion in the ward, one with songs and other kinds of performances by young men and women from the outside.

I love you, I really do.
Since you left me,
Many a tear had to fall.
Yei, yei, yei, yei, yei, yei...

The young men and women, nurses, and patients all sang together at the top of their lungs. I had

열고 만 것이었다. 목소리는 작았지만 그것은 신음이라기보다 절규라고 하는 표현이 옳다고 해야 한다.

「뭐죠?」

의사는 내가 중대한 비밀이라도 털어놓지나 않나 하는 눈초리로 행동을 멈추었다.

「저…… 6117호의 여환자 말입니다……」

「누구 말입니까?」

의사는 나를 뻔히 쳐다보았다. 딩횅해서는 안 된다고 나는 자신을 다그쳤다. 자칫 잘못해서 무슨 의혹이라도 있는 것처럼 여겨지는 날에는 쓸데없이 난처해지는 것이었다. 나는 내가 이다지도 소심하게 신경을 쓴다는 사실이 못마땅하기 그지없었다. 그녀가 어떤 증세로 들어왔는지 묻는 것이 뭐 어쨌다는 것인가. 나는 아직까지 그녀의 성씨밖에 몰랐으므로 그 성씨를 대고 간단히 생김새를 설명했다.

「아, 그 환자가 왜요?」

「아시지요? 그 샤갈의 연인, 아니, 그 환자 말입니다……」

「무슨 연인이라구요?」

「아, 아닙니다. 그냥 그 환자라고 했습니다.」

never been interested in or good at singing, so there were many songs I had never heard before. With the last song called "Taegeukgi, our national flag waiting for this very day, hiding underground for 36 years," the program, "Songs of Love, Songs of the Heart," was over, and I had to go back to the work therapy room to undergo yet another Psychological Test. This time, it was putting puzzle pieces together. I moved around some wooden pieces for a while and, in the end, there emerged a woman's face. The pieces from another box became a human hand, those from the third box an elephant. The doctor seemed to grade my performance based on the time I had taken to put a puzzle together. Sick and tired of endlessly taking these kinds of tests, I felt tempted to run away from the hospital. I understood perfectly well why the woman had painted the bird. I'd never expected that I could be so profoundly moved by such hackneyed symbols as birds and flights. At the same time, I realized that all my struggles in the past to become a different person, be it ever so slightly, had been futile, which saddened me all the more. Did it mean that I had no choice, faced with the crisis of ultimate loneliness, but to give in to some hackneyed, monosyllabic

「그래서요?」

의사는 어디까지나 사무적이었다. 나는 말을 꺼낸 것이 후회되었다.

「별건 아닙니다. 그 여자가 어떤 증세로 들어왔는지 그냥 좀 궁금해서요. 방에서 도통 나오지를 않으니까요. 혹시 자폐증은 아닌가요?」

나는 마치 그녀가 방에서 나오지 않기에 궁금증이 일었디는 깃처럼 밀했다. 그리기 위해서 자폐증이라는 증세까지 동원하고 있는 내가 우스꽝스러웠다. 의사는 환자인 주제에 남의 증세를 제법 용어까지 구사하며 이러쿵저러쿵하는 게 가소로운 모양이었다.

「자폐증이 아니라 일종의 과대망상증이지요. 멀쩡하다가도 한 가지…… 비행기를 몰고 북한을 갔었다는 거예요.」

「예? 비행기요? 북한을요? 자기가 말입니까?」

「그렇죠. 고위층을 만나러 갔다고요.」

나는 놀랐다. 듣던 중 이상한 증세였다. 비행기를 조종하여 북한으로 갔었다는 것이 무슨 뜻인지 까마득하기만 했다. 통일에의 염원을 앞세워 북한으로 갔던 몇 사람의 일들이 세상을 떠들썩하게 했었음이 얼핏 뇌리에 스쳤

sentimental cries for my own salvation?

"Er—by the way..."

I spoke, almost as if I had been groaning, to the doctor who was putting the boxes back into his bag. I didn't even know why I decided to speak to him then. I was going to ask him about the woman, Chagall's woman. I had been nervously waiting for an opportunity to ask a passing nurse, pretending it was a most casual, innocent question. Involuntarily, though, I blurted it out to a doctor. My voice, though feeble, was more a whine than a groan.

"What is it?" The doctor turned his face to me, his eyes hopeful as if he expected me to divulge some highly confidential information.

"Er—the woman in room 6117..."

"Who?"

The doctor stared at me. I told myself to not get flustered. One false move could get me suspected of having some ill intentions, which would then create an unnecessarily sticky situation for me. I hated to see myself being so timid and nervous. What could be so wrong with asking about her symptoms? All I knew about her was her surname at that point, so I mentioned it to the doctor and added a brief description of her appearance.

다. 그러나 비행기를 몰고 간다는 설정은 쉬운 설정이 아니었다.

「운동권이었던 모양이지요?」

그녀가 그린 새 그림은 흔히 운동권에 속한 화가들이 그린 그림과는 전혀 다른 분위기였으나 나는 그렇게 연관지어 생각해볼 수밖에 없었다.

「그렇지도 않아요. 아무런 활동도 하지 않았는데……그 한가한테는 아무 말 하지 마세요.」

의사는 가방을 들고 자리에서 일어났다. 나도 쭈뼛거리며 의사를 따라 방을 나왔다. 더 이상 캐물을 수도 없는 일이었다. 그러나 나는 그녀의 증세에 대해 뭔가 더 큰 의혹과 충격을 느꼈다. 혼란스럽기 그지없었다. 이른바 운동권에 속한 적도 없는 여자가 그런 망상에 시달린 결과 병동에 들어와 있다. 운동권의 전력이 있었다면 이야기는 쉽게 풀릴 것이었다. 하지만 그녀는 그렇지도 않다고 했다. 나는 중앙 홀의 한구석에 놓여 있는 자전거 페달 밟기 위에 올라앉아 천천히 페달을 밟으며 여러 가지 추론에 잠겼다. 한반도에 사는 모든 사람들이 분단의 피해자일진대 그 양상은 그토록 구석구석까지 미쳐 있는 것이다. 무서운 일이었다. 그녀가 저 북녘 땅으로 가서 고위층을 만

"Oh, I see. But what about her?" the doctor asked.

"You know her, right? Chagall's wom—I mean—the patient?"

"Chagall what?"

"No, no. I just meant 'the patient.'"

"And?"

The doctor was businesslike the entire time. I regretted bringing up the subject.

"I don't mean to pry. I'm just a little bit curious to know why she's here. She never comes out of her room. Is she perhaps autistic?"

I pretended that I was curious because she wouldn't leave her room. It was so ridiculous of me even to bring up the subject of autism. The doctor seemed to smirk, a mere patient discussing another patient's symptoms, even using medical jargon.

"She's not autistic, she's a megalomaniac. She seems okay, but then—she'll suddenly surprise you by insisting that she's flown an airplane to North Korea."

"Airplane? North Korea? By herself?"

"Yes, she says she went there to meet high-ranking officials," the doctor said.

I was flabbergasted. It was the most unusual symptoms I had ever heard of. It seemed impossible

나려고 했다는 뜻은 나로서는 미지의 세계였다. 그녀의 망상이 과연 고위층을 만났다고까지 진전되고 있는지 어떤지도 알 수 없었다. 그러나 어차피 북녘 땅으로 날아갔었다는 것 자체가 망상인 만큼 더 이상 내용을 캐는 것은 무의미한 일이었다. 그렇게 또록또록 말하던 그녀의 머릿속 어디에 그런 엄청난 망상이 둥지를 틀고 그녀를 괴롭히고 있는지 알다가도 모를 일이었다.

비테브스크 하늘 위를 날아다니는 남자와 여자, 연소아 수탉들이 눈에 어른거렸다. 그녀도 그런 모습을 그리고 싶어했다고 믿어졌다. 그녀가 그린 새는 단순히 하늘을 날아가는 새가 아니라 분단된 현실 위를 날아가는 새라는 생각도 들었다. 그런 의도를 읽지 못하고 새가 어떻게 날아다니는지 궁금하다는 따위의 덜 떨어진 말을 한 내가 한심스러웠다. 그녀 말마따나 사람과 동물도 하늘을 날아다니는데 새가 하늘을 날아다니는 걸 이상하다고 했으니 그녀의 공박을 받아 마땅했다. 더군다나 그 새는 갇혀 있는 처지에서 자유를 꿈꾸는 개인적 차원의 새가 아니라 보다 큰 의미를 갖고 있는 것이 틀림없을 것이었다. 나는 부끄러웠다. 지난 시절 내가 분단에 대해 무슨 자각을 했었는가 따져보면 그것도 한심할 뿐이었다. 나는 꼼짝없이

for me to comprehend her delusion of flying an airplane to North Korea. The stir some people had created crossed my mind: they had entered North Korea for the cherished cause of unifying Korea. However, the idea of flying an airplane into North Korea was not something that was easy to come up with.

"Has she been an activist?"

Although her bird painting showed an attitude completely different from the kind seen in so-called activist paintings, that was the only link I could think of between her and her claims.

"No, that's not it. She's never been an activist. Don't tell her I said anything, please."

The doctor picked up his bag and stood up. I followed the doctor out awkwardly. I couldn't pry any further. Now, I felt more curious about her than before, although I was shocked and confused. A woman who had never been an activist came to a closed ward suffering from a delusion like that. If she had been an activist, it would have been easy to explain her delusion. However, I was told that that was not the case. I got on the stationary bike placed in a corner of the Central Hall and started to pedal slowly, mulling over one possible explanation after

체제 안에서 웅크리고 그저 먹고 사는 일에만 허덕이고 있었더랬다.

그날 의사에게 그녀의 증세를 들은 이후 나는 부쩍 그녀에게 신경이 써졌다. 나 자신의 안이한 삶에 대한 자괴감 때문인지 그녀의 망상이 내게는 오히려 신선하기조차 했다고 말해도 좋으리라. 그리하여 나는 은밀하게 그녀에의 탐색을 계속했다. 식사 시간만은 그녀도 어기지 않았으므로 나는 8외주도하게 그녀 가까이 자리 잡고 식사하기 위해 노력했고, 투약 시간마다 그녀 뒤에 줄을 서기 위해 노력했다. 그리고 간호사들에게도 무엇인가 알아내려고 지나가는 말처럼 묻기도 했다. 그와 같은 노력 끝에 내가 알아낸 것은, 그녀의 아버지가 무슨 사업인가를 하는 상당한 재력가라는 사실과 그녀가 프랑스에 유학했었다는 사실이었다. 한마디로 부족한 것이 없는 환경에서 자란 여자였다.

그런 여자가 왜? 나는 나름대로 해석해 보려고 애썼다. 어쩌면 부족한 것이 없는 환경에서 오히려 자격지심을 갖게 되었는지 모른다는 게 내 잠정적인 해석이었으나 모를 일이었다.

그런 어느 날 저녁이었다. 나는 자전거 페달을 밟으며

another. All the people living in the Korean Peninsula were victims of the south-north division of the country; and the effect of this division occupied every nook and cranny of their psyches. It was an appalling truth. I couldn't understand why she wanted to meet high-ranking officials in the North. I wondered if her delusional story had developed any further. Maybe making her believe that she had actually met those officials. If the story of her flying to the North was already the product of her delusion, then it was meaningless to try to pursue the story any further. It eluded me where in her brain such a colossal delusion resided, tormenting this intelligent and articulate woman. It was a mystery, indeed.

I pictured in my mind the men, women, goats, and roosters flying the sky of Vitebsk. I believed that Chagall's woman also wanted to paint such scenes and images. Perhaps, her bird was not just flying through the sky, but flying across the south-north division of the Peninsula. I had been unable to understand her true intentions and made a stupid remark about her painting. As she pointed out, even people and animals can fly, and I had to go and tell her that it was strange that a bird could. I deserved

곧 눈이라도 내릴 듯한 창밖을 내다보고 있었다. 그녀 가까운 자리에 앉아 식사를 하면서 쇠고기나 닭고기 등 육류를 거의 먹지 않는 식성을 알았고, 투약 때는 간호사의 감시가 있어야만 약을 넘긴다는 사실도 알았다. 나는 그녀가 손도 대지 않은 쇠고기볶음이나 닭고기튀김을 얻어 먹기도 하고, 마침내는 서로의 연락처를 나누어 적기도 했으나, 그러나 나는 그녀에 대해 아무것도 알 수 없다는 느낌이었다. 자전거 페달 밟기의 미터기는 6,875킬로미터를 가리키고 있었다. 그동안 누군가가 그 위에 올라앉아 그렇게 달려간 것이었다. 그 계기를 보며 나는 혹시나 내가 모든 일로부터 너무 많이 달려온 것이나 아닐까 공연히 두려움마저 일었다. 조금 전까지 저쪽 소파에 앉아 재잘거리던 처녀들도 어느새 어디론가 모습을 감추고 보이지 않았다. 그녀들의 목소리는 작은 참새의 소리처럼 내 귀에 남아 있었다.

「별을 닦아야 해.」

「이제까지 없는 멍청한 걸 보여주려고 세상에 태어났어.」

「산딸기가 살아 있지 않더라도 내 탓이 아냐.」

「재미있는 건 다 망가뜨려 주세요. 다른 애들 못 가지게.」

her repudiation. Furthermore, the bird wasn't just an ordinary, individual bird dreaming of freedom from its cage. It was a bird signifying something much more profound and broader in scale. I was ashamed of myself. What was my view of my country's division? I reflected. The truth was that I had been deplorable in that regard. I had been crouching inside the system of our divided country and concerned with just making a living day in day out.

After I learned about her symptoms from the doctor, I became all the more inquisitive. Her delusions even seemed original to me. Perhaps, my perspective came from the shame I felt about the uncommitted life I had been living. So, I continued my secret inquiry into her life. Since she didn't miss her meals, at least, I did everything I could to sit as close to her as possible in the dining room. When it was time to receive our medication, I tried to stand in line right behind her. At times, I would ask the nurses casual-sounding questions in an effort to learn about her. I ended up finding out that her father was a man of means and that she had studied in France. In sum, she had grown up in an affluent family, wanting nothing.

Then, why? I tried to come up with a possible

「상사병에도 꼬리가 있어요?」

「꼬리가 뭡니까?」

「난 금방 알아듣는데.」

「요번에 남편 면회 오면 호텔 가자 그럴까? 히히.」

「목요일 비디오는 뭘로 했어요? 베어가 좋은데.」

「벤허는 몇 번 봤잖아.」

그리고 참새들은 어디론가 날아가 버렸다. 나는 페달을 빠르게 밟았다 느리게 밟았다 하면서 창밖의 밀닝과 그 옆 앙상한 나무 밑으로 지나다니는 승용차들을 내려다보았다. 나는 분단에 대해, 통일에 대해 어떤 주장을 가지고 있는 것일까? 누군들 통일을 바라지 않는 사람이 있을까만 그 방법은 어떠해야 하는 것일까? 나는 확고한 내 견해 없이 오늘날까지 살아오지 않았던가. 통일이라는 거창한 문제는 그만두고라도 나는 눈앞의 내 문제에만 매달려 저 민주화운동의 거센 물결 속에서도 그저 뒷전에서 서성거리고 있지 않았던가. 늘 말했다시피 라면 끓여 먹기와의 투쟁 속에 내 젊음을 썩이고만 있지 않았던가. 쉽게 말하면 막말로 감옥에 가더라도 굶어죽지는 않을 텐데 먹고 사는 문제를 앞세워 비겁하게 허덕이고만 있지 않았던가. 생각할수록 내 지난 삶이 답답하기만 했다. 몇 개의 출판

explanation on my own. Perhaps, her affluent background, ironically, had caused her to develop a guilty conscience. But this was only a tentative explanation at best.

Then, one evening, I was pedaling on the stationary bike, gazing out the window. It had suddenly started snowing. By sitting near her at mealtime I had learned that she avoided eating beef, chicken, or any other kinds of meat. I also found out that she swallowed her pills only when supervised by the nurses. She would give me her untouched beef saut? or fried chicken; and we ended up exchanging our contact addresses. Nevertheless, I still felt that I knew nothing about her. The meter on the stationary bike read 6,875 kilometers. Somebody had run that far before I got on it. Looking at the meter, I wondered if I had run too far away from it all. This scared me. The group of young women who had been sitting on the couch babbling was all gone. Their voices lingered on in my ear like the chirp of tiny sparrows.

"I must polish the stars."

"I was born to show the ridiculous things that no one has ever seen."

"It's not my fault if the wild berries aren't alive."

사에서 밥을 빌어먹다가 그것도 적응하지 못하고 물러나고 말았다. 돌이켜보면 일일이 매거할 것도 없는 강파른 삶이었다. 여자들? 첫사랑? 그 또한 위로받지 못할 추억에 지나지 않았다. 새로운 삶을 찾기 위해 나도 폐쇄 병동까지 들어온 것이 사실이었다. 그런데 알 수 없는 비행 망상을 가진 여자의 등장으로 말미암아 어리둥절하고 있는 내가 갈 길은 어디인가? 병동에서 나가면 획기적인 인생을 살리라 스스로에게 다짐했다. 그러나 그것이 가능할 것인가? 나는 애초부터 그것을 두려워했었다.

「자전거를 잘 타시나요?」

그때 그런 목소리가 뒤에서 들려온 것이었다. 나는 놀랐다. 참새들의 소리가 사라진 뒤로 홀에는 아무도 없었다. 그렇다고 그때 누군가가 내 옆에 와 있다는 사실에 내가 놀란 것은 아니었다. 나는 창밖을 바라보며 생각에 잠겨 있어서 내가 자전거 페달을 밟고 있는지조차 잊고 있었다. 내가 그것을 잊고 있어서 나는 놀란 것이었다. 나는 목소리의 주인공을 돌아보았다. 그녀였다.

「아.」

나는 다시 뜻 모를 감탄사가 입에서 새어나왔다. 그리고 그 감탄사와 함께 나는 무슨 죄라도 지은 듯한 마음에

"Break all the fun things, so nobody else can get them."

"Does lovesickness have a tail, too?"

"What's a tail?"

"I understood it right away."

"Should I ask my husband to take me to a hotel on his next visit? Hee-hee."

"What's Thursday's video? I like ⟨Bear⟩."

"We've watched ⟨Ben-Hur⟩ several times already."

Now the sparrows had all flown away. I changed my speed on the bike, fast and slow, fast and slow. I looked at the buildings outside and the cars running under the leafless trees standing along the sides of the buildings. "What are my opinions on the division of my country and the issue of unification? Who wouldn't want national unification? But what should the method of unification be? Haven't I lived this far without having any concrete opinions on anything? Haven't I put aside the major issues of my times like national unification? Didn't I just stand around in the background while the fierce waves of the democratization movement crashed, blinded by my own immediate problems? As I've always said, I wasted my youth in my struggle to earn instant noodles. If push came to shove, I could have avoided

사로잡혔다. 갑자기 한 사람의 얼굴이 떠올랐던 것이다. 앞에서 나는 누군들 통일을 바라지 않겠느냐고 분명히 썼었다. 그러나 그제서야 나는 〈누군들〉 바라는 것도 아니라는 것을 상기했던 것이다. 몇 해 전인가, 술집에서 만난 늙수그레한 남자였다. 그와 내가 그날 저녁 어떻게 어울리게 되었는지는 자세히 모른다. 그는 나보다 적어도 스무 살은 더 나이 들어 보였는데, 무슨 이야기 끝에 이산가족 찾기니, 남북한 이산가족 상봉이니 하는 그 무렵의 현안이 입에 올랐고 마침내는 통일이라는 문제까지 들먹이게 되었었다. 나는 〈이제는 대만 사람들도 중국을 얼마든지 가는데 우리는 아직도〉 하는 말을 앞세우며 〈누군들〉하고 예의 뻔한 당위성을 그에게 말했었다. 그런데 뜻밖이었다. 내 말을 묵묵히 들으며 막걸리 잔을 기울이던 그는 고개를 저었다. 그렇게 쉬운 것도 아니지요. 세월이 더 흘러서…… 헤어진 당사자들이 차라리 죽고 난 다음이면 몰라도…… 지금 통일되면 어려운 점이 있지요…… 하고 나서 그는, 고향에 버리다시피 두고 온 사람도 있고 또 여기 새사람도 있으니…… 했었다. 나는 비록 술은 취했어도 퍼뜩 그 말을 알아들을 수 있었다. 그와 나는 평소에 안면이 있는 사이도 아니며 또 나이로 봐서도 언쟁을 할

114

starving to death in jail. But had I been so cowardly that I made my own survival an excuse for everything? Had I?"

The more I thought about my past, the more frustrated I became. I used to work for a few publishers, but I had to quit, unable to adjust. Looking back, it was a tough life but there was nothing noteworthy about it. Women? First love? They were nothing but inconsolable memories. In fact, I had come to this ward while I was trying to find a new life. But then I met this woman with her flight delusion and it had got me all confused. Where should I turn now? I promised myself that I would live a dramatically different life once I left the hospital. But was it possible? That was the question that had scared me from the beginning.

"Are you good at biking?" a voice suddenly asked me from behind. I was surprised. I thought there was no one in the hall after the sparrows had left.

I wasn't surprised that I wasn't alone in the room. I was so absorbed in my thoughts—my eyes fixed on the scenery outside—that I wasn't even aware that I was still pedaling, This was what surprised me. I turned to see who had spoken. It was Chagall's woman.

사이도 아니기에 나는 그의 말을 너무도 자기본위라고 생각하면서도 〈글쎄요〉 하고는 그만 헤어졌었다. 그런데 그 남자의 얼굴이 갑자기 떠오른 것이었다. 그 순간 내가 왜 마치 죄라도 지은 듯한 마음이 되었는지는 나로서도 모를 일이다. 아니, 모를 일이 아니다. 그날 저녁 내가 그냥 〈글쎄요〉라고만 했던 행동이 내 의식을 치고 지나갔다고 자백해야 한다. 그랬다.

「그 자전거는 앞비 키기 없어요.」

그녀는 웃으면서 말했다. 몇 번 밝혔듯이 그녀가 그곳에 나온 것은 나로서는 처음 보는 일이었다.

「이걸 타려고요?」

그러면서도 나는 자전거에서 내려오지 않았다.

「아니에요. 난 여기서 나가면 말을 살 거예요. 그래서 말을 탈 거예요.」

그녀는 꿈꾸듯 말했다. 나는 그녀가 그 자전거가 단지 운동을 위하여 만들어 놓은, 달려가지 못하는 자전거임을 탓하는 뜻을 알 것 같았다. 그러자 그 위에 올라앉아 여전히 허우적거리고 있는 내 꼬락서니가 얼마나 우스울까 하는 느낌이 들었다. 말을 사서 타겠다는 그녀의 말을 어디까지 믿어야 하는지는 별개였다. 부잣집 딸이라는 점에서

"Ah!" I said.

A meaningless cry. Immediately, I felt as if I had committed some kind of crime because, out of nowhere, a certain face appeared in my mind.

Who wouldn't want the national unification? I had thought earlier. The face I'd suddenly thought of reminded me that not everyone.

The face I'd suddenly thought of was of a man's I had met in a tavern several years before. I could no longer remember how he and I had come to drink together that evening. He looked at least twenty years my senior. At some point, our conversation led to the then pending issues like the search for separated family members, the campaign for south-north family reunions, and then further to the issue of national unification. I said, "Even the Taiwanese are free to travel to China now, but we are still..." and went on to add a clichéd phrase "Who wouldn't want...?" Blah blah blah.

Then came a startling response from the man who had been silently drinking and listening to me. He shook his head and said, "It may not be that easy, though. Many more years from now when the people in question are all dead and gone, then maybe... But unification at this point may be a problem." And

신빙성이 없는 것도 아니었다. 하지만 어쨌든 다시 말하거니와 그녀의 뜻만 알면 그만인 것이었다. 그녀의 뜻은 결단코 진실인 것이었다. 달리지 못하는 자전거를 타고 창밖을 향해 페달을 밟고 있는 어떤 사내의 불쌍하기 그지없는 모습이 거기 있었다. 그렇다면 그녀의 〈비행기〉도 그와 같은 차원의 진실일 것이었다. 그러나 나는 비행기가 아니라 말을? 하고 물으려다가 입을 다물었다. 그녀가, 타고 다닐 새를 산다고 했어도 나는 놀라기 않았을 것이었다. 새가 아니라 아예 혼자 날아다니겠다고 했어도 놀라지 않을 것이었다. 왜냐하면 러시아의 폴란드 국경 쪽 마을에는 하늘을 날아다니는 남자와 여자가 이미 있는 것이었다. 그곳에서는 남자와 여자뿐 아니라 염소와 수탉도 하늘을 날아다녔다.

「말을요? 언제쯤 나가나요?」

나는 조심스럽게 물었다. 의사를 통해서나 간호사를 통해서나 그녀의 신상에 대해 이제 더 탐색할 방법은 없었다. 그 심리 검사 의사가 그만큼이라도 말해준 것이 요행이라면 요행이었다. 그리고 더 정확하게 말해서 언제부터인가 나는 더 탐색할 마음도 아니게 변해 있었다. 모든 사건에 직접적인 피해자만 있는 게 아니라 간접적인 피해자

he continued, "I left—almost abandoned—a woman back in my hometown. And now I have a new woman here."

Though I was drunk, I immediately understood what he meant. I thought what he said was quite self-serving, but he was neither an acquaintance of mine nor a person whom I could argue with, especially considering his age. So, I made a noncommittal response and left him.

Now, all of a sudden, the image of his face had floated before my eyes. I don't know why I felt as if I had committed some kind of crime at the time. No, that's not correct. I have to admit that the memory of my noncommittal response that evening had taken a swipe at my conscience. Now, that's better, more truthful.

"That bike has no front wheel." the woman noticed. She laughed.

As I've said repeatedly, it was the first time I had ever seen her out in the hall.

"Did you want to try this bike?" I got off the bike.

"No. When I get out of this place, I'm going to buy a horse. I'll ride horses."

She said this as if she was in a dream. I knew what she meant: the bike was nothing but a station-

도 있음을 나는 오래전부터 알고 있는 것이었다.

「아마 내일이나 모레요, 선생님은요?」

「글쎄.」

나는 그녀가 자기의 퇴원 사실을 미리 알리기 위해 왔음을 비로소 알았다. 흔히 언제쯤 나간다고 자랑삼아 말하는 경우 그것은 희망사항일 때가 많다. 그날이 되어도 병동에서의 일상은 계속되며, 나간다던 사람은 잔뜩 풀이 죽어서 방 안에 처박혀 있거나 하가 나서 복도를 오라가락하는 것으로 날은 저문다. 그렇지만 또한, 나갈 날이 먼 것처럼 보이던 사람이 어느 날 〈나 나가요〉 하고 금방 환자복을 벗고 본래의 옷으로 갈아입곤 하기도 했다. 나는 그녀가 비행기 대신 말을 생각하는 만큼 상황이 나아졌다고 믿고 싶었다. 비행기는 전혀 실현성이 없는 것이겠지만 말은 꼭 그런 것은 아닐 것이기 때문이었다. 그래도 나는 말을 타고 북한으로 가려는 것은 설마 아니겠지 하는 투로 섣불리 물어볼 용기는 없었다. 그녀만의 비밀은 존중되어야 한다고 나는 굳게 믿었다. 나는 샤갈의 어느 화첩에 혹시 말이 하늘을 날아가는 광경, 그 말과 함께 여자가 하늘로 날아가는 광경이 있지 않을까 상상했다. 하지만 꼭 그런 광경이 없더라도 그녀는 이미 내게 충분히 설

ary exercise bike, so it couldn't take her anywhere. Then I wondered how ridiculous I must look, still thrashing about on the bike. Anyway, how much of her plan to buy and ride a horse was real was another question altogether. Since she was a daughter of a wealthy family, it wasn't completely unlikely. However, no matter what, I repeat, her intentions were what counted; and, her intentions were most definitely sincere. There I was, a pathetic man on a stationary bike, pedaling toward the world outside a window. Seen from the same perspective, her "airplane." wasn't any less real than the stationary bike I was on.

Still, I wanted to ask her, "A horse? Not an airplane?" but I checked myself. But I wouldn't have been surprised if she'd told me she wanted to buy a bird to fly around on all by herself. There were, after all, men and women already flying around in a sky over a Russian town near the Poland border. There, goats and roosters, along with men and women, were also flying around in the sky.

"A horse?" I asked, cautious. "When are you leaving here?"

There was no longer any way to find out any more about her from either the doctors or the nurs-

121

명했었다. 그런 광경은 없어도 있는 것이다. 나는 환자복 대신에 평상 외출복을 입은 그녀를 머릿속에 그려보았으나 얼른 떠오르지 않았다. 옷이 날개라는 말은 정말로 틀림없는 말로서, 더군다나 그곳 사람들은 머리 장식이니 화장이니가 엄격히 통제되고 있었으니 말할 나위 없었다. 병동에 들어올 때와 나갈 때는 대부분 다른 계절이어서 집에서 가져온 새 옷을 걸치고 중앙 홀에 붙어 있는 작은 거울을 들여다보는 사람들, 특히 여자들은 진히 새로운 모습으로 탈바꿈한다. 여자들의 변신은 눈부시다. 나는 간혹 그 여자들의 모습이 웬일인지 다른 보통 여자들보다 훨씬 고혹적으로 보여서 내 눈을 의심하곤 했었다. 그러자, 그런 와중에서도 나는 어처구니없이 〈애마부인〉이라는 수상한 영화 제목이 떠올랐다. 그녀가 말을 타겠다고 말한 것의 연상 작용이었을 것이다. 나는 때때로 마각을 드러내는 이런 유의 내 정신에 다시금 쓴웃음을 머금을 수밖에 없었다. 무슨 영문인지 몰라도 그 영화는 몇 편이나 계속 연속적으로 만들어지고 있었다. 여기서 내가 무슨 영문인지 모른다고 전제한 것은 그 영화가 지나치게 남녀 사이의 야릇한 관계를 추구해서만이 아니다. 남녀 문제가 금기라는 발상 그것이 금기임을 나는 잘 알고 있

es. In fact, it was by a stroke of good luck that I had been able to hear even that much about her. In fact, I had already changed my mind and no longer wanted to pursue my inquiries into her because I had long known that there are indirect, as well as direct victims in all tragic events.

"Probably tomorrow or the day after," she said. "What about you?"

"Well."

Only then did I realize that she had come to tell me about her release. When a patient boasted about his or her release, it was often just wishful thinking. On the supposed day of release, there would be no change in the ward's daily routine, and the patient would either shut himself up in his room, greatly dejected, or keep pacing angrily up and down the corridors all day. On the flip side, a patient who most likely had a long stay ahead of him would announce, "I'm going home," and hastily change out of their hospital robes and into their own clothes.

I wanted to believe that the woman's condition had improved from an airplane to a horse delusion. While an airplane seemed pretty implausible, a horse didn't seem necessarily unattainable.

는 것이다. 그 연속물 중 하나를 본 적이 있는 나는 도대체 왜 주인공 여자가 그렇게 말을 타야만 하는지 알 수가 없었던 것이다. 나는 곧 그녀로부터 〈애마부인〉의 환영을 지우고 그녀의 진정한 변신을 기도해주리라 마음먹었다.

「아무튼 축하해요. 나가면 그림도 그려야지.」

나는 가지 않는 자전거 위에 그대로 올라앉아서 진정으로 축하했다. 다만 말해 놓고 보니 〈아무튼〉이라는 단서를 단 것이 얼마쯤 마음에 걸리기는 했다. 그것은 부정적인 색채를 띠고 있는 말이었다. 폐쇄 병동에는 몇 번씩 반복해서 들어오는 사람들이 꽤 많았고, 나는 그 현상을 의식했던 것도 같다. 그렇다면 그것은 진정 어린 축하는 아니었다. 그녀가 〈아무튼〉 나가게 되었다는 것은 이제는 어느 정도 그 비행기의 망상에서는 벗어났다는 것을 염두에 둔 말이기는 했다. 그래서 나는 마음속으로 다시는 이곳에 들어오지 말아요 하고 빌고 있었다. 그러므로 진정이라고 나는 거듭 밝힌다. 그렇지만 또 다른 한 가지, 말이라도 타고 다시 북한으로 간다는 망상에 사로잡히게 된다면, 나는 그 망상을 무턱대고 매도할 수만은 없으리라는 생각이 들었다. 그것은 내가 결코 가져보지 못한 망상이었다. 그 점에 있어서 나는 엉거주춤한 회색주의자임에

Nevertheless, I didn't have the nerves to tactlessly ask her if she was, by any chance, planning to ride into North Korea on horseback. I firmly believed that her secret should be respected. I wondered if there was a scene in any of Chagall's picture books where a horse flew into the sky and a woman soared along with the horse. Even if there was no such scene, however, she had already given me full explanation so that I could realize the scene always exists even if undiscovered.

I tried to imagine her in her street clothes rather than in the patient robes, but I couldn't picture it easily. The proverb "Clothes make the man." is irrefutable; and it's all the more so in a closed ward where headdress, make-up, or any of the like is strictly forbidden. The patients would usually leave the ward in a different season than the one when they had first come to the hospital. So on the day of their discharge, they would wear the original clothes they brought with them and look at themselves reflected in the mirror hung in the Central Hall. They took on completely different looks in their street clothes. Women, especially, would undergo dazzling transformations. Sometimes, they looked so much more alluring than other ordinary

다름없었다. 그리하여 나는 감탄사가 아닌 신음과 같은 소리로 〈아아.〉 하고 지난 세월의 나를 비웃을 도리밖에 없는 것이다.

「그림은…… 자신이 없어요. 뭐든지 늘 날아다니게만 그리니깐……」

그녀는 문득 말했다. 나는 다시금 놀랐다. 그녀는 여지 껏 그녀가 꿈꾸던 것과는 전혀 다른 말을 하고 있었다. 그녀가 날아다니는 사람을 말한 것은 불과 얼마 전의 일이었다. 그런데 그새 그녀는 변하고 만 것이었다. 그 결과 그녀가 퇴원을 하게 되었다면…… 나는 또다시 혼란스러 웠다. 그녀로 하여금 세상의 모든 것을 날 수 있게끔 하게 놔둔 채 그녀를 퇴원시킬 방법은 없는 것이었을까? 그녀의 상상을 현실에 비끄러매지 않고, 즉 그녀의 발에 비참한 족쇄를 채우지 않고 그녀를 현실 속으로 되돌려 보낼 방법은 없는 것일까? 현실 속에서 그녀의 우화(羽化)를 받아들일 방법은 없는 것일까? 나는 나도 모르게 자전거의 페달을 또 밟고 있었다.

「난 날아다니는 게 좋은데……」

나는 혼잣말처럼 말했다. 뭐라고 확고하게 말할 자신이 없었다.

women that I had trouble believing my eyes.

Suddenly in the middle of this train of thought I was reminded of an X-rated movie called "Madame Horse Lover." Probably, her remark about horseback riding had triggered the associations. Once more, I couldn't suppress a wry smile at the tendency of my unconscious to betray itself like this every now and then. For some unknown reason, the movie had given birth to several consecutive sequels. I say "For some unknown reason," because the movie pursued a peculiar relationship between men and women to an excessive degree, and also because I already knew well that the very notion that man-woman relationships are taboo is in and of itself a taboo. I watched one of the sequels, but couldn't understand why the heroine was so compelled to ride a horse that much. Soon, I erased the double image of Madame Horse Lover and Chagall's woman from my mind, and I was determined to pray for the genuine transformation of Chagall's woman.

"Congratulations, anyway! You'll keep painting outside, won't you?"

Still sitting on a bike going nowhere I felt truly happy for her. As soon as I congratulated her, how-

「새 같은 건 이제 싫어요.」

「그래도 취미를 붙일 일을 찾아야지요. 그래서 그림 얘기를 한 거지.」

취미 생활을 찾아야 한다는 것은 모든 환자들에게 하는 의사들의 말이기도 했다. 다른 데 몰두할 수 있어야 한다는 것이었다.

「날아다니는 거 아니고 뭘 그리죠?」

「그야 많지. 가령 저기 나무들……」

「나무요? 아, 나무가 있었군요.」

그녀는 나무라는 게 이 세상에 있다는 사실을 처음 안 사람처럼 말했다. 그 반응이 나를 놀라게 했다. 나는 무심코 말하다 말고 내가 무슨 뜻으로 특별히 나무를 입에서 꺼냈는지 몰라 입을 다물었다. 나는 아무런 뜻도 없이 다만 창밖 아래쪽으로 내려다보이는 풍경 속의 한 가지를 끌어왔을 뿐이었다. 그런데 그게 나무였다. 나는 그만 말을 멈추었던 것이다. 왜? 나는 곰곰이 따져보았다. 그것이 어쩌면 그녀에게 땅에 뿌리를 내리고 살라는 교훈처럼 들리지나 않을까 해서였다. 실제로 나 자신이 은연중에 그처럼 고리타분한 훈계를 하고 싶었던 것일 게다…… 그렇다면 집어치우고 싶었다. 나는 그녀가 새를 그리던 그 그

ever, it weighed on my mind that I had padded it with "anyway," an expression with negative connotations. When I said it, I may have been conscious of the fact that there were many patients who had been in and out of the ward several times. If so, it wasn't a genuine congratulation.

However, what I had really meant by the addition of "anyway," was that she had escaped from her airplane delusion to a certain extent. In fact, when I said that, I was praying silently that she would never come back to the ward. So, I'd like to emphasize that I was genuinely happy for her. At the same time, there was another voice in my head telling me that if she slipped back into delusions of going to North Korea, on horseback this time, I wouldn't be able to condemn her as being simply delusional. That was a delusion I had never dared to have. In that sense, I wasn't very different from wishy-washy middle-of-the-roaders. So, I had no choice but to scoff at what I had been, saying "Ah!" which was more a groan than an interjection.

"Painting—I have no confidence," she blurted out, "I'm always making things fly in my paintings, so...."

I was surprised. Now she was talking about something completely different from what she had

림 그리기 시간부터 어떤 새로운 깨달음에 나 자신의 변신을 꿈꾸었는지도 모른다. 나는 늘 내가 뿌리내리지 못한 인간이라고, 그것이 못마땅해서 애달캐달해왔다. 그 얽매임이 차라리 내게는 병소(病巢)였다. 나는 뿌리내림만이 옳다는 고정관념에 사로잡혀서 지난 세월 쓸데없이 한탄만 하고 있었었다. 그것이 더욱 나 자신에게 해독을 끼쳐서 삶을 속속들이 골병들게 하고야 말았었다. 뿌리내리지 않고 무지개처럼 하늘에 떠서만이 존재하는 찬연한 것도 있을 수 있음을 깨닫지 못했었다. 그렇구나. 그녀는 확실히 그와 같은 깨달음을 내게 주었다. 그녀가 그것을 의도했든 의도하지 않았든 상관없는 일이었다. 세상을 살아가는 방법은 얼마든지 여러 가지가 가능할 것이었다. 그녀가 비행기를 타고 북녘 땅으로 갔었다는 망상에 사로잡혀서 병동까지 들어왔다는 엄연한 현실이 내 머리를 혼란스럽게 한 이래 나는 갖가지 설정으로 해석을 시도했었다. 그녀가 부잣집 딸이라는 환경이 무엇인가 중요한 관건이 된다는 해석도 그중의 하나였다. 이를테면 그녀는 흔히 말해지듯 지탄받는 부르주아지로서 통일과 민주에 역행하는 집안 환경에 괴로워한다. 그리하여 그녀는 망상에 사로잡힌다. 간단한 설정에 의한 해석이었다. 망상이

dreamed of up until then. "Wasn't she talking about flying people not long ago?" I thought. Obviously, she had changed in a short time. If her discharge had been based on that change, that meant... I became confused all over again. Was there any way of releasing her while allowing her to keep all those things in her world still flying and floating about in the sky? Wasn't there any way of sending her back to reality without tying her imagination down, that is, without clamping the wretched fetters of reality around her ankles? Wasn't there any way of accepting her flying beings in reality? Unconsciously, I had begun pedaling again.

"I like flying things, though..." I said this as if to myself. I didn't have enough confidence to articulate my opinions.

"I don't like birds and things like that anymore," She replied.

"But you still need to do something you're interested in. That's what I meant by painting."

Finding a hobby was what the doctors always recommended to the patients. The point was getting the patients to concentrate on something other than the object of their obsession.

"What else would I draw that's not flying?"

란 자기 자신의 한계 안에서 옴짝달싹하지 못하는 데 대한 반동으로 나타나는 현상일 것이었다. 내 해석은 어디까지나 소박하기 짝이 없는 해석에 지나지 않을지도 몰랐다. 꼭 통일이니 민주니를 염두에 두지 않고 남북이 막혀 있는 상황만이 답답했는지도 알 수 없었다. 어쨌든 나는 그 해석에 의해 그녀의 망상을 나만은 〈아름다운 망상〉이라고 해야 했고, 당연히 그녀는 〈샤갈의 아름다운 연인〉이어도 좋았다, 다른 모든 사람들이 그녀를 매도해도 나만은 그래서는 안 되었다. 내 비록 부잣집 아들이 아니길래 망정이지 지난 세월 내가 이 사회에서 살아온 것도 결코 쉬운 노릇이 아니었다. 하늘을 날아다니는 아름다운 여자!

그런데 그녀가 뜻밖에 망상을 부인하고 있는 것이다. 그녀가 망상을 부인하는 이상 그녀가 병동에서 나갈 필요충분조건은 당장 갖추어진 셈이었다. 그러나 그것은 내게는 혼돈이었다.

「선생님은 왜 여기 오셨어요?」

그녀가 참았던 질문이라는 듯 불쑥 물었다.

「뭐라고 물었지?」

「어디가 아프시냐고요.」

"Well, there are a lot of things. For example, trees like those over there and—"

"Trees? Ah, yes. Those trees."

She said this as if she realized for the first time that there were things called trees in the world. Her response startled me. I was going to say something more, but I changed my mind and held my tongue, wondering what had made me mention trees among all things. I didn't mean anything by trees. They were just something random from the scenery outside. But then, that random choice of mine had suddenly left me tongue-tied.

Why? I began analyzing my choice of the word meticulously because I was afraid that it might have sounded like preaching a life deeply rooted in the earth to her. It's likely that deep down, a part of me wanted to make that banal lecture. If so, I wanted to take it back. What's also likely is that in the art therapy session where she had painted that bird, I had had a moment of revelation and had begun dreaming of my own transformation. I had always hated myself for being a person incapable of taking root in anything. In fact, my obsession with taking root in something had been the very focus of my problem. I had been consumed with this fixed

그녀는 정식으로 묻고 있었다. 하지만 나는 그녀의 증세에 대해서 뭔가 더 확실한 것을 알고 싶었다. 그녀가 새나 뭐 그런 날아다니는 걸 그리고 싶지 않다고 해서 그녀의 비행기 망상이 완화되었다는 반증은 되지 않았다. 그래도 나는 그녀에게 나무를 강조해서 추천하지 못하는 나 자신을 쉽게 납득시킬 수 없었다. 그녀의 증세가 완쾌되어야 한다는 것과 내 환상 사이에는 그만큼 불행한 간극이 있었던 것이다.

「선생님은 더 오래 있어야 되나요?」

그녀는 재촉했다.

「응…… 그런 건 아니야요, 난 알코올릭…… 술 때문에 들어왔다고 되어 있지. 그렇지만 이건 여기서 고칠 수 있는 건 아니래요. 술이야 나가서 스스로 끊어야 한대요.」

「그런데 왜 더 있어요?」

「응…… 뭐라고 할까…… 난 이 기회에 새 사람이 되고 싶은 거야. 과거와의 단절을 시도하고 있다면 알아들을까…… 밖에서는 그 계기를 만들기가 불가능했어요…… 난 새로 태어나고 싶은 거야……」

내 인생에서 몇 마디 말을 하는 데 그토록 어려운 적은 여지껏 없었다. 그것은 의사에게도 설득력 있게 말하기

notion that rootedness was the only way of life, and so I had wasted my life unnecessarily lamenting over my perceived weaknesses. Self-hate had spread like a poison deeper and wider throughout me. I had been unable to see that a rootless existence, which can only subsist afloat in the sky like a rainbow, can be valuable, too.

Aha! She had led me to that aha moment. Whether or not she had done it on purpose was of no consequence because there were many other ways one could live in this world. After I learned the undeniable fact that she had come to the ward on account of her delusions, I, in an effort to clear up my confusion, had tried to explain her delusion using a number of different theories. One of my theories had it that her wealthy family background was the key. To elaborate, she had agonized over the fact that her so-called "censured bourgeois family" background ran counter to the campaigns for national unification and democratization, which eventually led her to suffer her delusions. It was an explanation based on a simple theory: Delusion is a reaction to one's feeling of helplessness.

This explanation of mine might sound a bit too simplistic. For all I know, she may have just felt sti-

힘들었던 것이었다. 진땀이 났다. 나는 그제서야 자전거 위에서 내려왔다. 내가 애꿎게 그 위에 올라앉아 있었던 것은 그녀와 자연스러운 대화를 나누는 데 도움이 될까 해서였다. 나는 더 이상 자연스럽게 대화를 나눌 자신이 없었다. 내가 그다지도 어렵게 내 상황을 설명한 것과는 달리 그녀는 내 말에 쉽고 가볍게 고개를 끄덕여주었다. 오랜 세월 동안 나는 늘 새롭게 살아야 하리라는 명제에 괴로워해 왔었다. 인제부터인가 한 번 잘못 끼워진 단추는 자꾸만 다른 것들도 잘못 끼워지게끔 되게 하고 있음을 나는 절실히 느끼고 있었다. 술은 위안이 아니라 도피였다. 모두들 열심히 잘살고 있건만 내 인생은 변두리로만 흘러가고 있었다. 게다가 돈벌이도 가정도 엉망이었다. 그러나 어찌해야 한단 말인가. 그리고 막연하게 새로운 삶을 꿈꾼다고는 해도 도대체 그것의 실상이 어떠한 것인지조차 가늠할 수가 없었다. 의미 있는 새로운 삶은 어디에도 없었다. 몇날 며칠을 바닷가 마을에서 술에 빠져 있다가 드디어 정신을 잃고 쓰러졌던 사내. 막상 새로운 삶의 계기를 만들기 위해 병동에 떼밀리다시피 들어왔으나 막막한 심정은 더해 가기만 할 뿐이었다.

　「새로 태어난다는 거…… 나도 그러겠어요. 꼭이요. 고

fled by the south-north division itself without any regards to the issues of unification or democratization. Anyway, that explanation allowed me to accept her condition as a "beautiful delusion" and refer to her as "Chagall's beautiful woman." Even if all the others railed against her, I wouldn't. It was a good thing that I'd never been a son of a rich family; my life in this society had been tough enough without that extra burden on me.

A beautiful woman flying in the sky!

To my great surprise, however, she was now denying her delusions. As long as she denied her delusions, she remained qualified enough to be discharged from the ward. However, her denial produced in me a chaotic state of mind.

"Why are you here?" She sprang the question as if she had been meaning to ask for quite some time.

"What's that?"

"I asked what condition are you in here for," she said.

She was serious, but what I really wanted talk about then was her symptoms in more concrete detail. Her waning interest in painting birds or other flying objects wouldn't necessarily prove that her airplane delusion had disappeared. Nevertheless, I

맙습니다. 나무라고 했죠, 나무요? 난 나무를 그리겠어요. 난 하얀 자작나무가 좋아요. 자작나무를 그리겠어요. 우리 병실 밑으로 그 나무가 몇 개 서 있어요. 저번에 나간 애가 가르쳐줬어요. 자작나무, 자작나무.」

그녀가 너무나 강렬하게 말해서 나는 놀랐다. 나무 이야기를 꺼낸 것을 아까부터 후회하고 있었지만 소용이 없었다. 그녀는 두 손을 기도하듯 모아 쥐고 눈빛을 유난히 반짝거렸다. 하늘을 날아가는 새의 눈빛이 그럴 거라고 나는 추측했다. 그런 그녀를 보면서 나는 내가 말한 나무와 새로운 태어남을 그녀가 어떻게 받아들였을까 하고 못내 어리둥절하기만 했다. 내가 무엇인가에 뒤통수를 맞은 것처럼 멍하니 서 있는 사이에 그녀는 벌써 저쪽 복도를 접어들어 모습을 감추고 있었다. 그리고 그녀의 말은 틀림없이 실행되어 모레도 아닌 내일, 즉 다음 날 아침 그녀는 퇴원을 하고 말았다. 퇴원을 하고 〈말았다〉고 하는 표현에는 분명히 어폐가 있다. 퇴원은 얼마든지 축복해야 할 일이지 아쉽다거나 안타깝다고 해서는 안 되는 것이다.

퇴원을 하기 위해 새 옷을 갈아입은 그녀는 다른 사람이 그런 것보다도 훨씬 더 달라 보였다. 그녀는 미색 스웨

was reluctant to encourage her to paint trees, which baffled me. There was an unfortunate gap between my fantasy and the need that she should recover from her delusions.

"Do you need to stay here much longer?" the woman asked.

"Uh—no, not really. I'm an alcoholic—I'm officially here because of my drinking habit. But I'm told I can't be cured of the addiction here. I should quit drinking of my own accord once I'm outside."

"Then why are you still here?"

"Uh—I just want to be a new man. I'm trying to sever the ties with my past, if you know what I mean—It was impossible to find an opportunity to do it outside—I want to be born anew..."

I'd never had so much difficulty making such a short speech in my entire life. As a matter of fact, I had already had a hard time convincing the doctors with the same speech. I began sweating. Only then did I get off the bike. I had only stayed on the bike in the hope of helping create an atmosphere where our conversation would flow smoothly. I no longer had the confidence to lead a naturally flowing conversation. Despite my desperate efforts to explain my situation to her, she accepted my explanation

터에 검정색 바지를 입고 그 위에 회색의 모직 반코트를 입고 있었다. 거기에다 고동색의 목도리를 둘렀다. 바깥 날씨가 꽤나 찬 모양이었다. 나는 아침부터 그녀가 언제쯤 떠날지 공연히 신경을 곤두세우고 있다가 낌새를 채고 간호사실 앞으로 가서 그녀를 바라보았다. 그녀는 그림 그리기 시간에 그랬던 것처럼 맑고 빛나는 얼굴이었다. 내가 그녀 앞으로 걸어가자 그녀는 기다리고 있었다는 듯 둘둘 말아서 들고 있던 도화지 한 장을 내밀었다. 그냥 그려본 거라고 그녀는 말했다. 그리고 그 종이를 펼쳐볼 틈도 없이 그녀는 아버지인 듯한 중년 남자와 함께 굳게 닫혀 있는 출입문을 향해 걸어갔다. 나는 주춤주춤 뒤따라갔다.

「창문으로 내려다보실래요? 좀 멀긴 하지만 저 밑에서 인사를 드릴게요. 나무를 그려볼게요. 자작나무가 난 좋아요. 언젠가 그걸 그려서 보여드리겠어요.」

그녀는 재빨리 말하고 고개를 까딱 숙여 보였다. 그때, 바로 그때 그녀가 희미한, 그 희미한 웃음을 띠었다고 생각되었다. 그랬던가? 그것을 의심할 나위는 없다. 나도 그 웃음에 답례를 보냈다. 철커덕 그 육중한 출입문이 열렸다. 잠깐 내다보이는 바깥 복도에서 전등불이 비쳐 들어

readily and willingly, nodding her head.

For a long time, I had agonized over the obligation that I had to create a new self. At one point, it finally hit me that the first button fastened in the wrong hole puts all the other buttons in the wrong holes. Drinking could provide escape, but not consolation. Everyone else was working hard, committed to his or her life; but there was no sign of my life getting out of the sidetracks of life. Furthermore, I was neither a good breadwinner nor a devoted family man. But what else could I do? Even if I dreamed of a new life, I had absolutely no idea what it would be like. A meaningful new life was nowhere to be seen. I went on a drinking binge for many days in a village by the shore until I collapsed. I had come to the ward, had almost been forced to, and hoped it would provide a turning point. However, relief from my feelings of helplessness seemed to elude me.

"Born anew—I'll try to be born anew, too. I promise. Thank you. You said trees, right? I'll paint trees. I like the white birch. I'll paint white birches. There are some birch trees outside, under our room. The girl who got discharged some time ago—she taught me their name. Birch, birch tree."

오고 있었다. 그 복도로 걸어 나가는 그녀의 경쾌한 발이 언제까지나 그렇게 경쾌했으면 좋겠다고 나는 빌었다. 그 모습을 보는 것은 기분 좋은 일이었다. 나는 과연 저렇게 경쾌한 발걸음으로 이곳을 걸어 나갈 수 있을지 의심스러웠다. 잠깐 어두운 복도의 그림자가 내게 어리는 듯싶었다. 계속 바라다보고 있었는데 나도 모르는 사이에 이미 문은 굳게 닫혀 있었다. 나는 깜박 잠들었다가 깨어난 사람처럼 서둘러 창문 쪽으로 가서 베고니아 화분이 놓인 창턱에 손을 짚고 얼굴을 바깥으로 기울였다. 햇빛이 두 눈에 쏟아져 들어왔다. 아닌 게 아니라 그런 자세로 보니까 오른쪽 가장자리로 하얀 나무 몇 그루가 간신히 눈에 들어왔다. 자작나무인가 보았다.

창 밑으로 검은 승용차가 지나가다가 멎었다. 나는 그녀가 언제쯤 모습을 드러낼까 기다리며 무심코 그 승용차를 내려다보고 있었다. 승용차에서 누군가 내리더니 6층 창문 쪽을 올려다보았다. 그러더니 오른쪽 손을 들어 흔들었다. 〈안녕〉 하는 말이 내 귀에 들려오는 느낌이었다. 나는 그 인사를 맞받아 역시 손을 들어 흔들었다.

「안녕.」

나는 저절로 소리가 나왔다. 바깥에서 보면 유리에 빛

The enthusiasm in her speech surprised me. I had been regretting that I had brought up the subject of trees, but it was too late. She clasped her hands together as if in a prayer, her eyes brighter than ever. Perhaps the eyes of the bird flying across the sky would be just like those of hers then. Watching her, I felt confused wondering what on earth was her interpretation of the trees and rebirth that I had mentioned. I just stood there, watching blankly as if I had been dealt a blow to the back of my head, as she rounded the corner at the end of the corridor.

Her discharge was carried out just as she had told me. The next day, not the day after, she ended up leaving the hospital. Actually, the expression "ended up leaving" is not the right phrase here because her discharge had been a perfect occasion for celebration, not for loss or frustration.

When I saw her in her new outfit just before she left the hospital, she looked far more transformed than the any of the other patients. She was wearing black pants, a pale yellow sweater, a gray woolen topcoat, and a brown scarf. It seemed very cold outside. From early in the morning, I had been all nerves, trying to find out the time of her departure. When I sniffed it out, I walked toward the Nurses

이 반사되어 내 모습이 보이지 않을 거라고 여겨졌다. 그리고 그녀는 다시 승용차 속으로 사라졌다. 차가 저쪽 건물 모퉁이로 모습을 감추고 난 뒤 나는 비로소 그녀에게 해줄 말이 있었다는 생각이 났다. 잊어버리고 나온 물건이 있을 때처럼 나는 미진해서 그녀가 사라진 건물 모퉁이를 자꾸만 돌아보았다. 그 말은 아무래도 떠오르지를 않았다. 나는 내 병실 침대에 와서 그녀가 준 도화지를 펴보았다. 그것은, 환자복을 입고, 달리기 못하는 자전거 위에 올라앉은 내 모습이 그려져 있는 크레파스 그림이었다. 그 그림 윗부분에 〈행복한 모습〉이라고 제목처럼 쓰여 있는 글을 나는 얼마 동안 들여다보았다. 그러면서도 내가 그녀에게 해주고 싶었던 말이 무엇이었을까를 기억해내려고 애썼다. 아무리 돌이켜도 그 말은 떠오르지를 않았다. 아마도 그녀가 옆에서 사라진 아쉬움에서 빚어진 마음의 공백 상태가 나로 하여금 할 말이 있었다는 허구를 꾸몄는지도 모른다고 나는 결론지었다. 그리하여 그녀와 나는 헤어졌던 것이다. 폐쇄 병동에서 만났다는 인연은 인연치고는 그리 훌륭한 인연은 아니긴 했다. 나는 재빨리 그녀를 잊기로 했다. 폐쇄된 곳에 갇혔기에 우리는 가까이 대화를 나눈 사이일 뿐이었다. 단지 스쳐가는 인

Room and saw her in front of it. Her face looked just like it had been during the art therapy session, sunny and bright. When I got up close to her, she held out a rolled-up piece of drawing paper to me as if she had been waiting for me. She said she had just tried it. Even before I had a chance to unfold the paper, she started to walk toward the exit with a middle-aged man who seemed to be her father. I took several halting steps after her.

"Would you mind looking down from the window? It's quite a bit far below, but I'll say good-bye to you down there. And I'll try to paint trees. I like birch trees. Someday, I'll show you my paintings of birch trees," she said quickly and gave me a brief nod.

Then, right then, I thought she showed me a faint smile, an artless smile. Did she really? Yes, there was no doubt about it. I smiled back. Clank! The massive exit door opened, letting in lamp light from the corridor outside. I saw her walk out into the corridor with a light step, and prayed that her step would remain as light as it was at the moment. Watching her step lightly outside made me feel good. I doubted if my step would be as light as hers when I walked out of the place. For a brief

연일 뿐이었다.

　그런데 알 수 없는 일이었다. 다음날 나는 다시 자전거 페달을 밟고 있다가 내려와서 별 생각 없이 유리창에 얼굴을 들이대듯 하고 창 밑을 내려다보았다. 왜 그랬는지는 설명할 길은 없다. 그리고 눈길을 옮겨 하얀 나무 몇 그루를 살펴보았다. 저것이 자작나무다 하는 순간 나는 무슨 말이 불현듯 머리에 되살아났다. 바로 그 말이었다. 내가 그녀에게 해주고 싶었던 말은 없지 않아 있었다.

　나무를…… 하늘에 살아 있는 나무를 그리시오.

　그것이 꼭 해주고 싶었던 말이었음을 나는 알았다. 하긴 별 대단한 말은 아니었다. 그러나 그래야만 그녀에게 있어서 이상과 현실이 비로소 조화를 이루어 꽃피어날 수 있으리라 믿었던 게 분명했다. 그런데 그녀는 떠났고 나는 병동에 갇혀 있었다. 그녀의 떠남에 덧붙여 말할 게 있다면 그전까지는 다른 많은 나무들과 마찬가지로 보통의 나무였던 자작나무에 그 떠남이 의미를 부여해 주었다는 것이 되겠다. 이제 자작나무는 내게 그전의 자작나무가 아니었다. 그것은 땅에 뿌리를 내리고 한곳에서 죽을 때까지 살아가는 그런 나무가 아니라 하늘에 뿌리를 드리우고 얼마든지 날아다니며 사는 나무였다.

moment, a shadow from the dark corridor seemed to cast itself upon me. Although I kept watching the shadow in the corridor through the open door, I didn't even notice the door closing. When I finally saw the door shut tight, I felt as if I had just been startled awake from a nap. I rushed to the window and put my hands on the windowsill, on which a begonia pot was placed, and leaned my head out to look down. Sunlight poured into my eyes. Sure enough, in that position, I managed to see some white trees beyond the right-hand edge of the window frame. They seemed to be the birch trees she had mentioned.

A black passenger car came and pulled up right where I could see from the window. I looked down at the car waiting for her to show herself. Someone got out of the car and looked up toward the window on the sixth floor. The person waved her right hand. I felt as if I heard "Good-bye." I waved back.

"Good-bye."

I couldn't help saying it out loud. Then it occurred to me that I couldn't be seen from outside and below because of the sunlight reflecting on the windowpane. The person had disappeared into the car again. Only after the car turned a corner and disap-

하늘을 날아다니는 나무.

엄밀히 따지면 그 의미는 그녀가 떠난 뒤 내가 부여한 것이라고 해야 될 터였다. 하지만 그것은 그녀의 나무였다. 그녀로 말미암아 내가 그 의미를 발견한 나무였다. 모든 사물의 의미는 이렇게 새롭게 밝혀지지 않으면 안 되었다. 나는 병실의 침대에 누워 비로소 새롭게 산다는 것의 의미를 어렴풋이나마 깨달을 수 있을 것 같았다. 그것은 내가 지나쳤던 모든 사물들에 대해 새로운 의미를 발견하는 것이었다. 그래야만 했다. 나무들, 꽃들, 새들, 벌레들, 들짐승들 등 모든 살아 있는 것들뿐만 아니라 산들, 강들, 바다들, 그리고 나아가 모든 별들에서까지도 새로운 의미를 발견해야 했다. 저 우주의 수많은 별들에서까지도⋯⋯

하늘을 날아다니는 자작나무.

나는 비로소 내가 새로운 삶으로 태어난다는 의미를 깨달을 수 있을 것 같았다. 그로부터 퇴원할 때까지 나는 새로운 자작나무를 매일 내려다보는 것이 크나큰 낙이기도 했다. 내 인생의 변혁이 바깥으로부터 주어질 리는 만무한 것이었다. 그것은 내 안으로부터 얻어지는 것이었다. 새로운 인생은 하늘로부터 뚝 떨어지는 것이 아니었다.

peared from my sight did I remember that I had something to tell her. I felt ill at ease as if I had forgotten something somewhere and so I couldn't take my eyes off the corner. No matter how hard I tried, I couldn't remember what I wanted to say to her.

I came back to my room and unfolded the paper she'd given me. There I was, drawn in crayon, sitting on the stationary bike, wearing hospital robes. Across the top of the paper was written "Looking Happy" like it was the title. I stared at the title for a while, trying to remember what it was that I wanted to tell her, but to no avail. Perhaps, the vacuum in my heart created by her departure was causing me to make up the idea that I had something to tell her. That's the way she and I had left each other. Of course, a meeting in a closed ward may not be a sign of auspicious karma. I decided to forget her as quickly as possible. We were on talking terms simply because we were locked up in a space together. If it ever was karma, then it must have been fleeting karma.

But then what do you know? The next day, after I had been on the bike exercise for a while, I looked down nonchalantly from the window, my face almost touching the windowpane. I don't know

그것은 지금까지 있던 그대로의 모든 사물을 새로운 눈으로 보는 것에서 비롯되는 것이었다. 나는 자작나무를 내려다보며 하루빨리 퇴원할 날을 기다렸다. 그러다가 드디어 새해 들어 며칠 지난 어느 날 나는 퇴원 허락을 받았다. 병동을 나온 나는 그녀가 승용차에서 내렸던 그 자리로 가서 걸음을 멈추고, 아무도 내려다보지 않을 그 6층 창문을 향해 손을 흔들어주었다. 안녕, 하고. 그것이 내가 세싱에 새로 태어나서 처음 한 의식(儀式)이었다.

그 뒤로 내가 어떻게 새로운 삶을 살았는지는 나로서는 평가하기 어렵다. 우선 나는 술을 끊었고 과거에 못 읽었던 책들을 읽기 시작했으며 이곳저곳 여행하면서 헝클어진 마음을 가다듬었다고 말하는 선에서 그치련다. 그 과정에서 중국에서는 평지의 자작나무를 백화(白樺)라 하고 산지의 자작나무를 악화(岳樺)라 한다는 것도 알았다. 백화는 나무줄기가 곧은 편이고 악화는 나무줄기가 구불구불했다. 그리고 러시아에서는 무섭게 혹독한 추위를 무릅쓰고 그 나무들은 하얗게 우거진다는 것도 알았다. 나는 우리나라에도 꽤 많은 그 나무를 보게 될 때마다 그 앞에서 남모를 눈길을 던지곤 했다. 나는 그녀를 다시 보았으면 하는 마음과, 안 그래도 좋다는 마음을 두 가지 다 가

what made me do it. Then I shifted my eyes to some white trees planted nearby. The second I recognized them as birches, I was reminded of a sentence. There it was! There really was something that I wanted to tell her.

"Trees—paint trees alive in the sky."

I knew that was exactly what I wanted to tell her. It wasn't really a great sounding last line, I admit. Nonetheless, I must have believed that was the only way for her ideals and realities to become one and blossom in harmony. Unfortunately, she had already left and I was still locked up in this ward. Even so, her departure allowed me to get a new perspective on birch trees. Birch had been just an ordinary tree to me like all the others. After she left, however, they took on a new meaning. Birch trees were not what they had been anymore. It was no longer a tree that took root in one place and remained in that place for the rest of its life; rather, it was now a tree that took root in the sky and spent the rest of its life floating around to its heart's content.

Trees flying in the sky.

Strictly speaking, I had given new meaning to birch after she had left. However, the birch was her tree. Thanks to her, I discovered its alternative

지고 있었다. 보고 싶은 마음은 설명할 필요 없이 당연한 것이런만 그 마음을 저지하는 마음은 혹시나 또 다른 엉뚱한 변화가 나를 혼란에 빠뜨릴까봐서가 아닐까 몰랐다. 기대하지 않던 초청장을 받고 그 오후에 내가 망설였다고는 해도 솔직히 말해 나는 이미 그곳에 가기로 결정을 하고 있었다고 해야 한다. 그녀의 변화가 문제가 아니라 나 자신 여지껏 아무것도 보여주지 못할 어정쩡한 삶을 살고 있다고 알게 될까봐 너욱 그랬다.

하늘을 날아다니는 자작나무.

그 의미는 아직도 생생하게 살아 있기에 더욱 그랬다. 시각이 다가오자 교통 사정까지 자세히 머릿속에 재고 있던 나는 서둘러 집을 빠져나왔다. 나는 몽파르나스 거리를 걸으며 한국의 자작나무 시를 읊는 시인이었다. 비테브스크 시가지의 하늘 위를 날아다니는 염소와 수탉의 친구였다. 내가 병원을 나와 다시금 생활에 적응하는 동안 세상은 팽팽 돌아가며 큰 변화를 겪었다. 그저 큰 변화라고만 해서는 도저히 안 될 상상할 수도 없었던 변혁이었다. 이제는 중국과 러시아가 누구나 갈 수 있는 이웃 나라였다. 그럼에도 불구하고 불행하게도 변하지 않은 곳이 한 군데 있었으니 그것은 한반도 자체였다. 나는 병원에

meaning. I believed the meanings of all things should be rediscovered like this. Lying on my hospital bed, I at last began to understand, if only vaguely, what it meant to live a new life. It meant finding new meanings in all the things I'd taken for granted. That would be the direction for me. New meanings should be discovered for not only living things like trees, flowers, birds, insects, wild animals, and so on; but also mountains, rivers, seas, and even the stars, the countless stars in the universe.

Birch trees flying in the sky.

I finally felt that I would be able to fully grasp the meaning of my rebirth. From then on until I got discharged, I was so delighted to looking down at those birch trees everyday. Change in my life was not something someone would give me from the outside, but it was something I needed to find within myself. A new life would never fall from the sky; it would all begin by seeing things from a new point of view. Keeping an eye on the birch trees, I waited for the day of my discharge in earnest. Then one day in early in January, I finally got the doctor's okay on my discharge. I left the ward and walked to where she had gotten out of the car. I waved my hand toward the window on the sixth floor, saying

서의 나날들을 오랜만에 회상해보았다. 내게는 그 지긋지긋한 〈심문〉이며 검사들도 다 지나간 시대의 유물이었다. 이 세상에 그런 곳이 있다는 사실, 아니 있다는 사실이 아니라 있었다는 사실조차도 거짓말처럼 느껴졌다. 지난날의 세계도 그와 같았다. 나는 그녀에게 얼마든지 새로운 나를 보여줄 자신이 있다고 믿었다. 조금 전의 망설임은 근거가 없는 것이었다. 나는 그 새로운 나를 그녀에게서 배웠음을 당당하게 말해주어야만 했다. 그것은 자작나무의 교훈이었다. 화랑들이 늘어서 있고 전시회 플래카드와 포스터들이 어지럽게 붙어 있는 인사동 거리를 지나면서 나는 그녀를 처음 만나서 해야 할 말이 어떤 게 좋을까 이리저리 머리를 짜냈다. 아무리 짜내도 웬일인지 그 말들은 입 안에서만 뱅뱅 돌 뿐 아무것도 완성되지 않았다. 멋있게 외국 사람인 양 나 몰라라 부둥켜안기라도 하면 얼마나 좋을까만 여기는 한국이었고, 무엇보다도 우리는 한국인이었다. 거리 곳곳은 올해 처음 열린다는 〈관훈동 인사동 전통거리 축제〉 준비로 보도블록까지 온통 파헤쳐져 있었다. 전신주들을 잇는 청사초롱들이 줄줄이 매달려 축제를 기다리고 있었다. 옛 토기들, 자기들, 목기들, 유기들이 진열되어 있는 여러 상점을 지나고 구멍가게와 전통찻

good-bye, though I knew no one was looking. That was the first ritual I performed after my rebirth.

It is difficult for me to judge if my new life has been better since then. I quit drinking. I started reading the books that I hadn't been able to read before. I've done quite a bit of traveling too, here and there, to straighten out the tangled mind of mine. Well, there's no need to go on. While traveling, I learned that in China, birch trees on the plain are called white birch and those on the highlands mountain birch. White birch has a relatively straight trunk and mountain birch a sinuous one. And in Russia, despite the severe cold, birch trees flourish, covering the woods in white. They do well in Korea too, so whenever I saw them, I would walk up to them and cast a furtive glance in their direction.

I had mixed feelings about seeing her again. Needless to say, I wanted to see her. My reluctance may have stemmed from the fear that another unforeseen change would push me into a whirlwind of confusion once again. I hesitated that afternoon when I received her invitation. But, to be honest, I should say that I was already determined to accept it. At the core of my fear was not so much her transformation as the possibility of my coming to realize

집을 지나 오른쪽으로 꺾어 들어간 곳에 그 화랑은 자리 잡고 있었다. 몇 번인가 그곳에 가서 젊은 화가들의 그룹 전시회를 본 적이 있었다. 그곳 지리를 비교적 잘 알고 있는 나는 길이 꺾어지기 전에 있는 작은 꽃집에서 먼저 꽃다발 하나를 만들었다. 흰 안개꽃과 빨간 장미꽃을 섞어서 묶은 간단한 꽃다발이었다. 그리고 두근거리는 가슴으로 길을 꺾어 들어가 화랑의 유리문을 밀었다.

하늘을 날아서 온 이 사람을 아시나요?

자작나무숲을 지나온 이 사람을 아시나요?

염소와 수탉을 아시나요?

〈행복한 모습〉의 사내를 아시나요?

한꺼번에 많은 말들이 쏟아져 나올 것만 같았다. 나는 그리 넓지 않은 화랑 안을 훑어보았다. 가운데 의자에 두 사람의 남자가 앉아 있다가 나를 돌아보았다. 이상한 일이었다. 그녀의 모습은 보이지를 않았다. 잘못 오지나 않았나 의심이 들었으나 입구의 포스터는 어김없었다. 자기의 전시회라고 해서 하루 종일 화가가 자리를 지키고 있으라는 법은 없었다. 나는 얼굴에 축하의 웃음을 띠고 두 사람에게 다가가서 화가는 어디에 있느냐고 제법 정중하게 물었다. 그중의 한 남자가 의자에서 일어나더니 내 물

that I was still living a noncommittal life, having nothing to show for everything I'd done.

Birch trees flying in the sky.

The meaning of that expression remained very much alive in my mind, making me all the more compelled to accept her invitation. As the exhibition time approached, I left my house in haste, having already thought through the traffic conditions on the way. I was a poet reciting the Korean poem about birch trees while walking along Montparnasse. I was friends with goats and roosters flying over the city of Vitebsk.

While I'd been trying to readjust to the life outside the hospital, the world had been caught up in a whirlwind of drastic changes. China and Russia were our friendly neighbors that we could visit whenever we wanted to. Unfortunately, though, there was one place that still remained unchanged: the Korean Peninsula. For the first time in a long while, I reminded myself of the days in the hospital. The horrid "interrogations" and tests were all relics of the past now. That there was a place like that, in fact, that there had been a place like that seemed a lie, as the world prior to this whirlwind of drastic changes seemed a lie. I felt confident that I could

음은 아랑곳없이 〈혹시……〉 하고 나를 찬찬히 뜯어보았다. 어디선가 본 듯한 얼굴이었다.

「저는 병원에 그림을 가르치러 갔었습니다만.」

그가 내 눈치를 살폈다. 그 미술 선생이었다.

「아, 알고말고요. 반갑습니다.」

우리는 손을 내밀어 악수를 나누었다. 나는 그와 손을 놓기도 전에 눈짓으로 그녀가 어디에 있는지를 물었다. 순간, 나는 그의 얼굴빛이 흐려지며 흔들리는 것을 보았다. 무슨 사연이 있음에 틀림없었다.

「글쎄 말입니다. 다 준비해놓구 그만 다시 병원으로 갔습니다. 하는 수 없이 문을 열긴 한 모양입니다만…… 어떻게 된 게 그림이 모두 비행기뿐이에요. 앙리 루소를 연상시키는 것도 있군요.」

그는 애석한 표정을 지으며, 그러나 재미있다는 식으로 한 손으로 전시 벽면을 가리켰다. 막상 화랑에 들어섰어도 나는 그림 쪽에는 눈길을 주지 않고 있었다. 엉거주춤 서 있는 내게는 병원이라는 낱말만이 귀에 웽웽 맴돌았다. 〈아아.〉 하고 얕게 신음을 내뱉었다. 미술 선생에게는 작게 들렸을 그 신음 소리는 내게는 하늘을 찢으며 울리는 소리였다. 결국 그녀는 여기까지 와서 내게 그런 소

surely show her how I had changed. My anxiety had been groundless. I was determined to tell her confidently that I had learned how to be a different person from her, that she had led me to the lesson on birch trees.

Walking along the streets of Insa-dong, crowded with galleries and placards and posters of exhibitions, I racked my brains thinking about what to say first when I saw her. I had it on the tip of my tongue, but couldn't mold it into a concrete sentence, no matter how hard I tried. I would love to give her one of those chic hugs as if I were a foreigner; but I was in Korea and most of all, we were both Koreans. Preparations were well under way for the "Gwanhun-dong & Insa-dong Traditional Streets Festival," the first of its kind. The sidewalk blocks had been dug up everywhere. Lanterns were hanging from the telephone lines. I passed shops displaying old earthenware, porcelain, wooden vessels, and brassware. I would be able to see the gallery as soon as I made a right turn past a corner store and a traditional teahouse. I had been there several times to see group exhibitions of some young artists. I was quite familiar with the place, so I stopped by a small flower shop just before turning

리를 지르게 하고는 다시 사라진 것이었다.

「비행기요? ……아아 ……그렇군요.」

나는 벽면을 휘둘러보았다. 어른어른 여러 개의 그림들이 겹쳐보였다. 마치 영화 필름의 연속 장면처럼 비행기들이 계속해서 날고 있었다. 미술 선생이 앙리 루소를 연상시킨다는 그림은 벼논에 허수아비 둘이 서 있고 그 위로 어처구니없게도 라이트 형제의 이름하고나 어울릴 쌍엽 프로펠러 비행기가 날고 있는 것이었다 순간, 나는 갑자기 목이 꽉 메고 눈앞이 아득해지며 몸을 가누기가 힘들었다. 다리까지 후들후들 떨렸다. 온몸에서 맥이 쭉 빠졌다. 저런 형편없는 쌍엽기를 타고서라도 다시 북녘 땅으로 가야 했던 그녀의 가련한 모습에 눈이 매웠다. 속이 니글거리며 세상이 빙글빙글 도는 느낌이었다. 하늘을 날아서 온 이 사람이든 자작나무숲을 지나서 온 저 사람이든 나를 비롯한 모든 인간들이 혐오스러웠다. 아니, 혐오스러운 만큼 가련했다.

나는 미술 선생이 보이지 않는 뒤쪽 전시 벽면으로 가서 벽에 손을 짚고 핏기 없이 하얘졌다고 느껴지는 내 얼굴에 안개꽃과 장미꽃 꽃다발을 씌웠다. 자작나무 껍질같이 하얘졌을 내 얼굴이 비애와 분노로 일그러지는 것을

the corner and had a bouquet made. It was a simple bouquet with white baby's breath and red roses. Then, I turned the corner with my heart throbbing and pushed the gallery door open.

Do you remember the man who came flying through the sky?

Do you remember the man who walked through the birch woods?

Do you remember the goats and roosters?

Do you remember the man you drew under the title "Looking Happy"?

I felt that so many words were ready to pour out of my mouth all at the same time. I looked around the not-so-roomy interior of the gallery. Two men were sitting on the chairs in the middle of the room. They turned to look at me. It seemed strange. She wasn't there. I wondered if I had mistaken the road, but the poster at the entrance told me that I hadn't.

Of course, the artist didn't have to stay inside the gallery all day long. A smile on my face, I walked up to the two men and asked where the artist was.]I did this quite politely. One of them stood up and ignoring my question, stared at my face carefully and said, "By any chance..." He looked familiar to me.

아무에게도 보이지 않으려는 듯이. 비행기들이 날아가는 하늘마다 내 일그러진 얼굴 대신에 그 꽃다발을 보이려는 듯이.

『별을 사랑하는 마음으로』, 현대문학, 1994

"I used to go to the hospital to teach painting," he said. He observed my reaction.

"Ah, I know you, of course. Nice to see you again."

We held out our hands to shake hands. Even before we finished shaking, I asked him with my eyes where she was. Right at the moment, I saw him turning, agitated and his face darkening. Something must have happened.

"Well... she finished all the preparations. And then she went back to the hospital. The exhibition is on, anyways... but it's very strange that they're all paintings of airplanes. Some remind me of Henri Rousseau, though."

He had a sympathetic look on his face, but when he pointed at one wall with his hand, he looked as if he found it all interesting. I hadn't really looked at the paintings until then. I just stood there awkwardly with the word "hospital" echoing on and on in my ear. "Ah!" I let out a brief groan. Probably, it was a weak groan to the art teacher, but to me, it was like the sound of the sky being ripped apart. She had come this far only to disappear again.

"Airplanes? Ah—I see."

I skimmed through the pictures on wall. Multiple

paintings came into my view all at once, one over another. Like the consecutive frames on a filmstrip, the airplanes seemed to be flying across the sky. In the painting that reminded the art teacher of Henri Rousseau, there were two scarecrows standing in a rice paddy, over which an airplane was flying. What was amazing was that it was a double-winged, propeller airplane that seemed to belong to the time of the Wright Brothers.

At that moment, I felt choked up and so dizzy that I couldn't support myself. My legs were shaking hard. I felt completely drained. My eyes felt hot when I conjured up the pathetic image of the woman who couldn't help going to North Korea even on that wretched double-winged airplane. I felt sick and the world around me seemed to be turning round and around. Whether it was a man who had come flying through the sky or someone walking through the birch woods, I hated everyone, including myself; and, as much as I hated them, I also sympathized with them.

I went around to the other side of the display wall where the art teacher couldn't see me. I supported myself with my hand on the wall and held the bouquet of baby's breath and roses before my face that

I imagined had turned quite pale. I stood there with my face buried in the flowers, as if to avoid showing anyone my face distorted with sorrow and fury. As if to show the bouquet, instead of my contorted face, to all the skies where the airplanes were flying.

Translated by Jeon Miseli

해설

Afterword

새로운 삶과 시대를 향한 길찾기

허병식(문학평론가)

　윤후명의 소설은 대체로 일인칭 화자가 등장하여 이 세계 속에서 자아가 겪는 실존과 내면을 고백하는 방식으로 이루어져 있다. 이 일인칭 고백체 형식을 통해 전해지는 이야기들은 극적인 사건이 발생하지 않는 화자의 일상에 대한 이야기들이다. 화자는 종종 무심한 듯 자신이 경험한 삶의 고독과 자의식을 날 것 그대로 전달하면서 이 세계에 던져진 존재의 무력함과 쓸쓸함에 대해 이야기한다. 한편으로 그의 소설들은 '둔황'이나 '로울란' 같은 기억과 역사 속에 폐허의 이미지로 남아 있는 곳에 대한 아득한 그리움들에 대해 말하기를 즐긴다. 그 폐허의 장소로 떠나고 싶어 하는 마음은 흔히 그 폐허와도 같은 아득한 대

In Search of a Passage to a New Life and New Era

Heo Byeong-Sik (literary critic)

Yun Hu-myong's fiction is characterized by first person narrators who disclose their existential encounters and their internal struggles. Most of his stories are told in the form of the first person confession and concern the uneventful, everyday life of the narrator. Often, the narrator conveys a sense of raw solitude and self-consciousness through their indifferent voice, mentioning the helplessness and loneliness of beings thrown into the world. At the same time, Yun's narrators enjoy relating their nostalgia through images of ruins in memory and history like "Dunhwang" or "Loulan." At times, their desire to leave for these places of ruin is projected

상인 어떤 여성에게 향한 그리움으로 전이되기도 한다. 이 기묘한 서사의 공간 속에서 윤후명 소설만이 들려주는 독특한 사랑의 이야기가 발생한다.

「별을 사랑하는 마음으로」에 등장하는 일인칭 화자 '나'의 이야기도 윤후명 소설의 일반적인 서사의 패턴을 크게 벗어나지 않는다. 서사의 도입부에서 화자는 그녀로부터 전달된 전시회 초청장을 받은 후 망설이고 있는 모습을 보여준다. 화자는 그녀와의 만남을 떠올리며 "그녀와 연관되어 있는 모든 기억이 환영일지 모른다고," 생각하며 놀란다. 서사는 이내 그가 그녀와 알게 되었던 장소의 환영 같은 기억을 향해 나아간다. 두 사람이 만난 곳은 어느 병원의 폐쇄 병동이었다. 신경이나 정신에 문제가 있는 사람들이 외부로부터 격리되어 있는 그곳에서 그는 미술 요법 시간에 그림을 그리고 있는 그녀를 처음 발견하게 된다. 그는 하늘을 날아가는 새를 그리고 있는 그녀에게 관심을 갖게 되고, 그녀가 어떤 증세로 인하여 폐쇄 병동에 들어오게 되었는가를 알아내기 위해 노력한다. 그는 그녀가 자신에게 샤갈의 그림에 대해 말하고 간 후, "그녀는 비상을 꿈꾸는 자기 자신을 확인하기 위해 나를 찾은 것이었다."고 말한다. 담당의사를 통해서 그녀의 병세가

onto a yearning for a certain woman, one who also remains as remote and impossible to grasp as a pile of ancient ruins. It is in this peculiar narrative space that Yun's unique love stories are born.

The "I," the male narrator in "With the Love for the Stars," also tells a story that does not veer too far from Yun's general narrative patterns. In the beginning, the narrator hesitates when accepting the invitation to "her" exhibition. As he remembers his encounter with this mysterious young woman in his past, he is surprised to think that "all of my memories of her may well be illusions." Later, he elaborates on his illusory memories of the place where he first became acquainted with her. They met in a closed ward of a hospital where patients suffering from neuroses or psychosis isolated from the outside. He saw her, for the first time, painting in an art therapy session. He becomes interested in her painting a flying bird and tries to find out about her symptoms. After she tells him about Chagall's paintings, he comes to the conclusion that she "came to see me to affirm herself—to affirm her dream of soaring." He hears from his doctor that she suffers from delusions of flying an airplane to North Korea to meet high-ranking officials. Later, this prompts

비행기를 몰고 북한으로 고위층을 만나러 갔었다는 망상에 시달리는 것이라는 점을 알게 된 그는 자신의 지난 삶에 대해 자책한다.

그러나 이야기가 전개되면서 독자들이 알게 되는 것은 화자가 그녀에게 보이는 관심이란 결국 그가 자아에게 보이는 관심의 다른 이름에 지나지 않는다는 점이다. 그녀와 만난 과거의 이야기를 들려주는 화자는 자신이 그녀에게 관심을 보인 것 이상으로 자신의 병명을 궁금해 한 그녀의 모습을 묘사하면서, 폐쇄 병동에 들어가기까지의 스스로의 모습을 반추하고 있다. 그녀에게 들려준 그의 이야기는 이렇다. "난 이 기회에 새사람이 되고 싶은 거야. 과거와의 단절을 시도하고 있다면 알아들을까." 그는 오랜 세월 동안 새롭게 살아야 하리라는 명제에 스스로 괴로워했음을 그녀와 독자들 앞에 고백하고 있다. 그리고 퇴원 후 그녀가 초대한 전시회에 가기를 망설이는 순간에도 자신이 새로운 진정으로 새로운 삶을 살아가고 있다고 말할 수 있을지 의심한다. 연애의 대상을 거울로 삼아 자신의 모습을 끊임없이 반추하고 있는 자아의 이야기는 「별을 사랑하는 마음으로」에 등장하는 기묘한 사랑의 이야기라고 할 것이다. 타자와의 만남이라는 체험이 결국

172

him to feel shame for his own past.

As the story unfolds, however, readers detect that the narrator's interest in the woman is just an alternative expression of his interest in his own self. When talking about his encounter with her, the narrator emphasizes that her interest in his symptoms is keener than his interest in hers, thereby providing an opportunity for him to ruminate upon his own life before he had come to the closed ward. He replies to her question, "I just want to be a new man. I'm trying to sever ties with my past, if you know what I mean." He confesses to the woman, and readers, that he has long struggled with a sense of obligation to find a new life. Even after his discharge from the hospital when he debates whether or not to accept her invitation, he doubts if he can tell her that he is living a genuinely changed life. As the object of the narrator's love, the woman serves as a mirror that compels him to keep contemplating his own life. This is the peculiar love story told in "With the Love for the Stars." By depicting a chance encounter as a search for the self, the writer tells the reader that true love can amount to one's desires for rebirth. At the end of the story, the narrator learns that the woman has failed to overcome her delusion

자아 찾기의 한 도정으로 전환되는 이야기는 결국 참된 사랑이란 서로가 각자의 삶의 신생을 꿈꾸는 것이라는 점을 알려주고 있다. 그러므로 소설의 결말에서 그녀가 결국 자신의 망상을 극복하지 못하고 다시 병동으로 들어갔음을 알게 되었을 때 화자가 보여주는 절망적인 모습은 그녀에 대한 연민이면서 동시에 인간 존재의 근원적인 모순과 실존의 부조리에 대한 절망이라고 보아야 할 것이다.

고졸한 웃음과 맑은 얼굴을 지닌 그녀가 분단된 낭으로 비행기가 몰고 날아가는 망상에 시달리고 있다는 설정은 이 작품이 쓰여진 90년대 초반의 역사적 상황과 맞물리면서 내면의 서사를 갑작스럽게 현실의 한복판으로 진입시킨다. 그는 그녀의 망상을 분단된 한국의 현실에 대한 부채의식의 발현으로 이해하면서, 샤갈의 그림에 등장하는 러시아의 하늘과 분단된 북녘 하늘의 이미지를 중첩시킨다. 이데올로기가 사라지고 냉전질서가 해체된 시대에, 중국과 러시아의 하늘을 자유롭게 날 수 있는 시대에도 여전히 금제의 땅으로 남아 있는 북녘 땅의 모습은 그와 그녀가 갇혀 있는 폐쇄 병동에 대한 묘사와 겹쳐지면서 인간의 실존적 모색과 시대의 아픔에 대한 책임이 별개로 존재하는 것이 아님을 증언하고 있다. 새로운 삶의 신생

and has returned to the hospital ward, throwing the narrator into despair. These feelings of despair stem from the narrator's recognition of the fundamental paradox and absurdity of human existence as well as his compassion for her.

Meanwhile, the internal voice of the "I" becomes interwoven with the socio-historical situation of the early 1990s when the story was written. We see this through the woman—with her artless smile and bright eyes—and her delusion of flying an airplane into North Korea. The narrator interprets her delusion as a manifestation of her sense of responsibility for the realities of the divided nation. Also, he overlaps the image of the Russian sky in Chagall's paintings with the North Korean sky. Although the ideologies and the old order of the Cold War have all but disappeared, the air routes to and from Russia and China wide open to visitors everywhere, North Korea still remains a forbidden land. Another overlap emerges in the narrator's mind: the forbidden land of North Korea and the closed ward where the woman is locked up. These overlapping landscapes testify to the fact that our existential inquiries and our sense of responsibility for the pain of the era are not two separate things. "With the Love for the

에 대한 열망을 통일을 향한 염원과 중첩시키고 있는 작품의 이야기는 작가 윤후명이 새로운 연대를 맞아 들려주는 인간과 세계의 진실에 대한 한 보고서이다.

Stars," in which aspirations for personal rebirth and the national unification join, Yun's report stands at the beginning of a new era, one that looks into the realities of humans and their world.

비평의 목소리

Critical Acclaim

윤후명의 소설은 공간적으로는 먼 서역, 시간적으로는 저 역사의 시원을 향한 그리움의 소산이다. 이 그리움을 바탕으로 그는 꿈을 꾼다. 꿈은 현실이 아니므로 현실적 질서를 반드시 필요로 하지는 않는다. 그의 소설이 과거와 현재, 꿈과 현실, 신화와 역사 등이 착종하고 얽히면서 형성되고 있음으로 다소 난해한 진행을 보이고 있는 것은 이 까닭이다. 또 그는 왜 자꾸 저 먼 로울란이나 둔황, 그 사막과 폐허의 땅으로 가려고 하는가. 또 그는 왜 봉산탈춤을 비롯한 탈놀이, 고조선의 공후인, 처용의 세계와 복희씨/여와씨의 중국 신화에 그토록 집착하는가. 무엇이 이 같은 동경과 열망을 만들고 있는가. 여행소설도 역사

Yun Hu-myong's stories and novels have their origins in his nostalgia for the remote spaces in the countries west of China and for the distant time when history began. On the foundation of nostalgia, he lets loose his dreams. Dreams do not necessarily obey reality's order. He fashions his narratives with the past and the present, dreams and reality, mythology and history. And that may be why it is somewhat difficult to follow the narrative development of his works. Why does Yun gravitate toward the remote Loulan or Dunhwang, lands of desert and ruin? Why is he so obsessed with the masked plays like Bongsan Mask Dance, the song of

소설도 아니면서 이것들이 어우러져 기묘한 몽유 공간을
이루고 있는 윤후명 문학은 매우 특이한 향기를 뿜는다.

김주연

한 중년의 글쟁이가 알코올 중독증 치유를 목적으로 폐
쇄 병동에 들어가 분열증 환자이자 부잣집 딸을 사귀고
나온, 윤후명 씨의 「별을 사랑하는 마음으로」의 신선함은
어디서 말미암았을까. 이 물음에는 산난한 해답을 내놓을
수 없을 터. 현실적 삶에서 실패한 사내의 새 출발을 위한
몸부림이란 과연 가능할까라는 물음과 그것이 맞먹기 때
문이다. 현실과 격리된 폐쇄 병동 속에서 비로소 진실이
숨쉬고 있다는 것. 여기서 한 발자국만 더 나서면 진실은
숨도 쉴 수 없다는 것이 이 작품의 매력이며 그나름의 무
게라 할 수 없을까. 이러한 의미를 작가 윤 씨는 문학 고
유의 방식으로 포착해놓고 있다. 〈직설적〉인 말하기가 그
것. 폐쇄 병동 사람들의 말버릇이 그러하듯 윤 씨의 말버
릇은 직설적인데, 위선으로 포장되지 않는 삶의 감각이란
이런 직설법으로밖에 달리 표현되지 않기 때문이다.

김윤식

182

Gonghuin from the time of Gojoseon, the world of Cheoyong, and the Chinese Myth of Fu-hsi and Yeowa What is at the origin of his dreams and desires? His works are neither travel narratives nor historical novels. And yet, all the elements are united in harmony to create a peculiar dream space, giving a rich and unique flavor to his works.

Kim Ju-yeon

In Yun Hu-myong's "With the Love for the Stars," one middle-aged writer is hospitalized in a closed ward to recover from his alcoholism and meets a delusional patient, a daughter from a wealthy family. Where does this work's novelty come from? It doesn't seem possible to give a simple answer to this question because the question is closely linked to another: Is it possible for a man, who has failed to weather the realities of life, to succeed in his struggle for a new start? Truth can breathe only inside the closed ward, in isolation from reality; one step outside the closed ward, and the truth becomes stifled. This paradox is the beauty and gravity of the novel, both of which Yun successfully captures using his straightforward style of prose. Like the speech of the patients in the closed ward, Yun's

윤후명은 작품을 만드는 것이 아니라 자신을 사로잡고 있는 어떤 문제에 집요하게 매달리고 있는 것 같다. 그같은 문제의식이 작품 하나하나에 어떤 진실의 〈목소리〉를 부여한다. 그러나 〈문제의식〉이라고 할 때 그 문제가 한마디로 요약될 수 있는 명제는 아니다. 그는 문제와 답을 동시에 찾고 있는 중인 자신의 모습을 보여준다. 즉 그의 문제는 광범위하고 모순에 찬 삶, 바로 그것이다. 그 모색의 과정은 얽가지가 많고 복잡한 작품의 시술방식을 통해서 잘 전달되고 있다. 일견 지리멸렬해 보이는 전체 속에서 예기치 않은 숨은 질서가 저 뒤쪽에 후광처럼 그 모습을 드러내는 순간들, 이것이 그의 작품의 아름다움이다. 이데올로기가 사라진 시대에 이데올로기의 사라짐과 마주하면서, 분단문학이 끝난 시대에도 남아 있는 분단 문제에 접근하는 방식은 어떤 것일 수 있는 것일까. 마치 아무 일도 없었다는 듯이 지낼 수는 없지 않은가? 윤후명은 엉뚱한 시절에 엉뚱한 문제를 엉뚱한 방식으로 던짐으로써 우리를 참으로 놀라게 한다.

김화영

윤후명 소설이란 결국 한 자아 찾기, 자아 회복의 과정

prose is always straightforward, and his literary success is rooted in the fact that human experiences not packaged in hypocrisy can only be expressed in this straightforward manner.

Kim Yun-sik

Reading Yu Hu-myong's works, one gets the feeling that, instead of creating fiction, Yun is grappling with the problems that possess him. His critical mind gives the voice of truth to each one of his works. Since the problems he scrutinizes are not things that can be easily and succinctly summarized, Yun often reveals himself to be a writer on the lookout for the problem and the answer simultaneously. But his problem is that life itself is at once comprehensive and full of paradoxes. His method of inquiry is well demonstrated in his works' narration often complicated by the narrator constantly branching out in different directions. From somewhere behind the narrative's seeming incoherence, though, the story emerges, like a halo, an unexpected, previously hidden order. This is when the beauty of his work shines through. In an era in which ideologies have long disappeared, and in which lit-

이며, 이 과정에서 화자는 타인과의 만남이라는 실존적 체험과정을 이루나, 그 타자와의 해후라는 계기 역시 결국엔 언제나 그렇듯이 다시금 새로운 자아 찾기, 혹은 자아의 고양, 또는 자아의 순화 계기로서 의미지워지고야 마는 것이다. 하나의 경험과정이 마치 닫혀진 세계에의 입사—성숙—귀환의 과정을 밟는, 소위 통과제의의 형식, 혹은 시—공간적으로 하나의 여로과정을 밟듯이 〈여행〉형식을 취하게 마련이라는 전에서, 그의 소설은 문학의 고전적, 원형적 구성형식을 취하고 있다고 말할 수 있으며, 이러한 고전적 정석 수순의 소설 형식을 취함으로 말미암아 그의 소설은 오늘날 소설 지망생들의 한 모범답안처럼 사숙되고 있음이 사실이기도 하다.

한기

윤후명의 작품세계는 폐허 위에 아른거리는 환상의 그림자와 같다. 그 폐허는 이제는 아무것도 존재하지 않는 공간이지만, 그 공간은 폐허 이전의 충만함을 간직하고 있으며 폐허라는 현재의 시간은 이전의 충만함의 시간을 늘상 불러일으킨다. 따라서 그 폐허는 이미 소멸의 공간이 아닌 충만함과 생성의 공간으로 전이된다. 또한 이러

erature dealing with problems of national division is no more, what should his approach be to the problems of national division? We cannot live on as if nothing had happened, can we? Yun astonishes us by throwing unexpected questions in unexpected ways at unexpected times.

Kim Hwa-yeong

Yun Hu-myong's fiction depicts the process one undergoes during the search for and recovery of one's self, during which time the narrator undergoes an existential experience encountering someone else. Eventually, though, even this encounter always serves as a passage leading to the search for a new self, an improved self, or a purified self. Each experiential encounter takes the form of the so-called rite of passage, composed of phases from the entrance to a closed world, to maturing and returning. In other words, the form of a temporal and spatial journey. In this sense, one might say his fiction has a classical, prototypical structure. It is only natural that his novels, written in the classical novelistic format, should serve as a model admired by today's would-be writers.

Han Gi

한 전이를 통해 시간은 현재의 축에서 과거로 발산되며, 미래의 생성의 시간에 놓이게 된다. 그러나 누구나 그 폐허에서 충만함의 흔적을 볼 수 있는 것은 아니다. 폐허 속에서 충만함과 시간에 의해 손상되지 않은 영원성의 그림자를 보기 위해서 〈그〉는 환상을 지니고 있어야 한다. 환상에 의해서만 폐허는 그 위에 충만함과 영원성의 그림자를 드리우게 되는 것이다.

권명아

Yun Hu-myong's realm of literary creativity seems to make an appearance in the shadows of illusions flickering over ruins. It is an empty space, but the space still harbors the fullness of bygone days, as the ruins today always conjure up the fullness of yesterday. Thus, the ruins transform themselves from a space of disappearances to a space of fullness and regeneration. Through the process of transformation, time simultaneously regresses into the past and progresses into the future. However, not everyone can find in the ruins the traces of the fullness of the past. In order for someone to see it and the shadows of eternity untouched by the ravages of time, he must possess fantasies. Only though fantasies can the ruins be draped in this fullness and the shadows of eternity.

Kwon Myeong-a

윤후명

작가 윤후명은 1946년 1월 17일, 강원도 강릉에서 태어났다. 1953년 육군의 법무관이었던 아버지의 잦은 전근으로 인해 여러 지방의 학교를 다녔다. 1965년 연세대학교 철학과에 입학하였고, 1967년에는 《경향신문》 신춘문예에 시가 당선되어 시인이 되었다. 1969년 대학을 졸업하고 시동인지 《70년대》를 창간하였고, 1977년 첫 시집 『명궁』을 문학과지성사에서 출간하였고, 1979년에는 《한국일보》 신춘문예에 소설 「산역」이 당선되어 작가로서 새로운 길을 가게 되었다. 1980년부터 전업작가의 길에 들어섰고, 소설 동인지 《작가》를 창간하였다. 1983년 「둔황의 사랑」으로 제3회 녹원문학상을 수상하였고, 문학과지성사에서 『둔황의 사랑』을 출간하였다. 또한 「모든 별들은 음악 소리를 낸다」를 발표하였고, 1984년 「누란」으로 제3회 소설문학작품상을 수상하였다. 중편 「섬」으로 1985년 한국일보사가 주는 제18회 한국창작문학상을 수상하였고, 소설집 『부활하는 새』를 문학과지성사에서 출간하였다. 1987년 중편 『모든 별들은 음악 소리를 낸다』를 고려

Yun Hu-myong

Yun Hu-myong was born on January 17th, 1946 in Gangneung in the Gangwon Province. In 1953, he attended many local schools because his father, a law officer in the military, was frequently transferred from one place to another. In 1965, he entered Yonsei University as a philosophy major. In 1967, he made his poetry debut after winning a prize at the *Kyunghyang Shinmun* Spring Literary Contest. After graduating from university in 1969, he founded a coterie magazine, *The Seventies*.

His first book of poetry, *Myeonggung*, was published in 1977 by Munji Publishers. In 1979, Yun began his new career as a fiction writer when his story, "Sanyeok," won first prize at the *Hankook Ilbo* Spring Literary Contest. He became a full-time writer in 1980 and founded another coterie magazine *Jakga*. In 1983, he received the 3rd Nogwon Literary Award with *Dunhwang ui Sarang*, which was published by Munji Publishers. In the same year, he also published "All Stars Make Musical Notes."

In 1984, he received the 3rd Fictional Literature

원에서 출간하였고, 1989년 소설집 『원숭이는 없다』를 민음사에서 출간하였다. 1990년 장편 『별까지 우리가』를 도서출판 둥지에서, 장편 『약속 없는 세대』를 세계사에서, 문학선집 『알함브라의 궁전』을 나남에서 출간하였다. 1991년 연작 장편 『비단길로 오는 사랑』을 문학아카데미에서 출간하고, 1992년 장편 『협궤열차』, 장편동화 『너도밤나무, 나도밤나무』와 시집 『홀로 등불을 상처 위에 켜다』를 민음사에서 출간하였다. 1993년 「둔황의 사랑」이 프랑스 악트 쉬드(Actes Sud) 출판사에서 번역 출판되었다. 1994년 중편 「별을 사랑하는 마음으로」로 제39회 현대문학상을 수상하였고, 1995년 「하얀 배」로 이상문학상을 받았다. 2007년에는 『새의 말을 듣다』를 출간하여 이 작품으로 김동리문학상을 수상하였다.

Award for "Nuran." In 1986, his medium-length novel "Island" won the 18th Korean Creative Literature Award *Hankook Ilbo* and his anthology *Reviving Bird* was published by Munji Publishers. In 1987, *All Stars Make Musical Notes*, a novella, was published by Ko Ryeowon; and in 1989, the anthology *There's No Monkey* was published by Minumsa. In 1990, three of Yun's works were published: a full-length novel *We, To the Stars* by Dungji Publishers, the full-length novel *The Generation of No Promise* by Segyesa, and the anthology *The Alhambra* by Nanam. In 1991, Munhak Akademi published Yun's serialized full-length novel *Love on the Silk Road*. In 1992, the full-length novel *Narrow-Gauge Train*; the full-length Fairy Tale *You're Chestnut Too, I'm Chestnut Too*; and a poetry book *Light a Lantern over the Wound, Alone* by Minumsa. In 1993, "Dunhwang ui Sarang" was translated into French and published by Actes Sud in France. In 1994, the novella "With the Love for the Stars" won the 39th Hyundae Literature Award; and in 1995, "White Boat" won the Yi Sang Literature Award.

In 2007, he published *Listening to Birds* for which he received Dong-ri Literature Award.

번역 **전미세리** Translated by Jeon Miseli

한국외국어대학교 동시통역대학원을 졸업한 후, 캐나다 브리티시컬럼비아 대학 도서관학, 아시아학과 문학 석사, 동 대학 비교문학과 박사 학위를 취득하고 강사 및 아시아 도서관 사서로 근무했다. 한국국제교류재단 장학금을 지원받았고, 캐나다 연방정부 사회인문과학연구회의 연구비를 지원받았다. 오정희의 단편「직녀」를 번역했으며 그 밖에 서평, 논문 등을 출판했다.

Jeon Miseli is graduate from the Graduate School of Simultaneous Interpretation, Hankuk University of Foreign Studies and received her M.L.S. (School of Library and Archival Science), M.A. (Dept. of Asian Studies) and Ph.D. (Programme of Comparative Literature) at the University of British Columbia, Canada. She taught as an instructor in the Dept. of Asian Studies and worked as a reference librarian at the Asian Library, UBC. She was awarded the Korea Foundation Scholarship for Graduate Students in 2000. Her publications include the translation "Weaver Woman"(*Acta Koreana*, Vol. 6, No. 2, July 2003) from the original short story "Chingnyeo"(1970) written by Oh Jung-hee.

감수 **전승희, 데이비드 윌리엄 홍**
Edited by Jeon Seung-hee and David William Hong

전승희는 서울대학교와 하버드대학교에서 영문학과 비교문학으로 박사 학위를 받았으며, 현재 하버드대학교 한국학 연구소의 연구원으로 재직하며 아시아 문예 계간지 《ASIA》 편집위원으로 활동 중이다. 현대 한국문학 및 세계문학을 다룬 논문을 다수 발표했으며, 바흐친의 『장편소설과 민중언어』, 제인 오스틴의 『오만과 편견』 등을 공역했다. 1988년 한국여성연구소의 창립과 《여성과 사회》의 창간에 참여했고, 2002년부터 보스턴 지역 피학대 여성을 위한 단체인 '트랜지션하우스' 운영에 참여해 왔다. 2006년 하버드대학교 한국학 연구소에서 '한국 현대사와 기억'을 주제로 한 워크숍을 주관했다.

Jeon Seung-hee is a member of the Editorial Board of ASIA, is a Fellow at the Korea Institute, Harvard University. She received a Ph.D. in English Literature from Seoul National University and a Ph.D. in Comparative Literature from Harvard University. She has presented and published numerous papers on modern Korean and world literature. She is also a co-translator of Mikhail Bakhtin's *Novel and the People's Culture* and Jane Austen's *Pride and Prejudice*. She is a founding member of the Korean Women's Studies Institute and of the biannual Women's Studies' journal *Women and Society* (1988), and she has been working at 'Transition House', the first and oldest shelter for battered women in New England. She organized a workshop entitled "The Politics of Memory in Modern Korea" at the Korea Institute, Harvard University, in 2006. She also served as an advising committee member for the Asia-Africa Literature Festival in 2007 and for the POSCO Asian Literature Forum in 2008.

데이비드 윌리엄 홍은 미국 일리노이주 시카고에서 태어났다. 일리노이대학교에서 영문학을, 뉴욕대학교에서 영어교육을 공부했다. 지난 2년간 서울에서 거주하면서 처음으로 한국인과 아시아계 미국인 문학에 깊이 몰두할 기회를 가졌다. 현재 뉴욕에서 거주하며 강의와 저술 활동을 한다.

David William Hong was born in 1986 in Chicago, Illinois. He studied English Literature at the University of Illinois and English Education at New York University. For the past two years, he lived in Seoul, South Korea, where he was able to immerse himself in Korean and Asian-American literature for the first time. Currently, he lives in New York City, teaching and writing.

바이링궐 에디션 한국 현대 소설 021
별을 사랑하는 마음으로

2013년 6월 10일 초판 1쇄 인쇄 | 2013년 6월 15일 초판 1쇄 발행

지은이 윤후명 | 옮긴이 전미세리 | 펴낸이 방재석
감수 전승희, 데이비드 윌리엄 홍 | 기획 정은경, 전성태, 이경재
편집 정수인, 이은혜, 이윤정 | 관리 박신영 | 디자인 이춘희

펴낸곳 아시아 | 출판등록 2006년 1월 31일 제319-2006-4호
주소 서울특별시 동작구 흑석동 100-16
전화 02.821.5055 | 팩스 02.821.5057 | 홈페이지 www.bookasia.org
ISBN 978-89-94006-73-4 (set) | 978-89-94006-79-6 (04810)
값은 뒤표지에 있습니다.

Bi-lingual Edition Modern Korean Literature 021
With the Love for the Stars

Written by Yun Hu-myong | Translated by Jeon Miseli
Published by Asia Publishers | 100-16 Heukseok-dong, Dongjak-gu, Seoul, Korea
Homepage Address www.bookasia.org | Tel. (822).821.5055 | Fax. (822).821.5057
First published in Korea by Asia Publishers 2013
ISBN 978-89-94006-73-4 (set) | 978-89-94006-79-6 (04810)